# Blutrot und mausetot

## Kriminelle Kurzgeschichten

von Simone Jöst

Wenn nur ein Lächeln über eure Lippen geht
oder ein Schauer über eure Rücken jagt,
habe ich meine Mission erfüllt.

*Simone Jöst*, geboren 1964, arbeitete als Reiseverkehrskauffrau, doch die Lust am Schreiben trieb sie weiter und sie absolvierte ein Belletristikstudium. Der Zufall katapultierte sie in das Krimigenre, wo ihre grenzenlose Schreiblust auf mörderische Gedanken stieß. Diese Mischung brachte viele Texte hervor, die anfangs deutschlandweit in einer Zeitungsserie sowie in Magazinen abgedruckt wurden. Zahlreiche Publikationen in Krimianthologien folgten. Sie ist selbst Herausgeberin zweier Krimisammlungen und arbeitet als freie Autorin. Zurzeit schreibt sie an ihrem ersten Kriminalroman.

www.simonejoest.de

# Blutrot und mausetot

## Kriminelle Kurzgeschichten

von Simone Jöst

Die Deutsche Nationalbibliothek verzeichnet diese Publikation in der Deutschen Nationalbibliografie. Detaillierte bibliografische Daten sind im Internet über http://dnb.d-nb.de abrufbar.



Umschlaggestaltung, Satz und Layout: Simone Jöst
www.simonejoest.de
Herstellung und Verlag:
Books on Demand GmbH, Norderstedt
Printed in Germany 2008
ISBN 978-3837069259

# Inhalt

# Vorwort

Es ist dunkel, eine Kerze flackert auf meinem Schreibtisch. Das bunte Treiben des Tages weicht den Geräuschen der Nacht und später der Stille. Wenn dann auch noch mörderische Gedanken auf grenzenlose Schreiblust treffen ...

*Blutrot und mausetot* ist eine Auswahl meiner kriminellen Kurzgeschichten, die ich in den vergangenen Jahren geschrieben habe. Ob Auftragskiller, Stalker, Einbrecher, Agenten oder Schwiegermütter, in diesem Buch tummeln sich die unterschiedlichsten Charaktere, die ihren inneren Zwängen folgen und verbotene Dinge tun, die verzweifelt nach Auswegen aus ihrem Dilemma suchen, die eiskalt morden oder ganz zufällig in Verbrechen schlittern, die sie im Grunde niemals begehen wollten.
Einige dieser Texte wurden bereits in Krimisammlungen zusammen mit denen anderer Autoren abgedruckt und zum Teil verschwanden sie mit dem Ausverkauf der Auflage vom Buchmarkt. Diese Geschichten sollten auf keinen Fall verloren gehen, deswegen habe ich sie zusammen mit brandneuen Texten zu einem Potpourri krimineller Machenschaften vermengt.

Blutrote Geschichten und mausetote Bösewichte, mögen sie alle ihr Bestes geben und Sie bis zur letzten Zeile dieses Buches in Atem halten.

*Simone Jöst*

Nacht. Lara raste mit ihrem Wagen über die dunkle Landstraße. Sie lächelte. Das Ziel ihrer Flucht war zum Greifen nahe, doch als das Handy auf dem Beifahrersitz klingelte, war sie plötzlich wieder da, die Angst, die sie seit Wochen lähmte. Das Display leuchtete auf und zauberte bizarre Schatten in das Wageninnere. Mit zittrigen Händen drückte Lara den Anrufer weg und starrte in den Rückspiegel. Die Landstraße hinter ihr war nach wie vor menschenleer und verlor sich in der Dunkelheit. Lara setzte den Blinker und bog in einen finsteren Waldweg ein.

Der Vollmond zog sich am nachtschwarzen Himmel hinter den dunklen Fichten empor. Lara war froh, als sie endlich am Rande einer kleinen Lichtung das Blockhaus ihrer Großmutter erblickte. Das heimelige Licht der beleuchteten Fenster trieb ihr Tränen in die Augen. Seit dem Tod ihres Großvaters war sie nicht mehr hier gewesen.

Sie stellte den Wagen neben dem ihrer Großmutter ab und stieg aus. Der Wald rund um die Lichtung rauschte im Wind. Ein Kauz schrie irgendwo durch die Finsternis. Unterhalb des Hauses, nicht weit entfernt, erstreckte sich ein See entlang der Talsenke. Der Wind kräuselte die Wasseroberfläche und das verzerrte Spiegelbild des Mondes tanzte darauf auf und ab. Lara legte ihren Kopf in den Nacken, schloss die Augen und atmete den würzigen Waldduft ein. Es roch genau wie damals, als sie mit ihrer Schwester die Ferien hier verbracht hatte. Gemeinsam mit ihrer Großmutter waren sie durch das Unterholz im Wald gekrochen, ohne sich um zerkratzte Knie oder Tannennadeln in den Haaren zu kümmern. Sie nannten sich die drei »Waldhexen« und stellten Regeln auf. Die erste besagte, dass nichts von ihren Streifzügen durch den Wald an die Außenwelt gelangen durfte. Die zweite Regel lautete, dass sie Pflanzen und Tiere respektieren mussten und zum Schluss die dritte ... hm ... Lara hatte sie vergessen.

Ein Windzug verfing sich in ihrem Haar und holte sie in die Realität zurück, die alles andere als idyllisch war. Lara erschauderte. Sie nahm ihre Reisetasche aus dem Auto und eilte den ausgetretenen Steinweg zur Haustür entlang. Über dem Eingang schaukelte eine rostige Laterne. Ihr schwaches Licht schimmerte durch die Nacht. Lara packte den messingfarbenen Türklopfer und hämmerte drei Mal gegen das Holz. Während sie wartete, dass man ihr öffnete, hatte sie plötzlich das Gefühl beobachtet zu werden. Eine Gänsehaut kroch ihr den Nacken empor. Was, wenn er ihr gefolgt war? Wenn er in der Dunkelheit zwischen den Bäumen saß und ihr auflauerte? Lara wirbelte herum und presste sich mit dem Rücken gegen die Holztür. Das Licht der Laterne reichte nur bis zu ihrem Wagen. Dahinter verschmolz der Wald mit der Schwärze der Nacht.

Im Inneren des Hauses kamen Schritte näher. Lara drehte sich wieder um und drückte ihre Handfläche gegen die Tür, bereit sofort in die Hütte zu stürmen, sobald man ihr öffnete. Ein Schlüssel kratzte im Schloss und nicht nur warmes Licht drang durch den Spalt, der sich vor ihr auftat, sondern auch die Mündung einer Pistole. Ihre Großmutter ließ sofort die Waffe sinken, als sie Lara erblickte, und zog sie ins Haus. Die Tür schnappte hinter ihnen ins Schloss. Lara ließ ihre Tasche fallen und sank in Leonores Arme. Die aufrechte Erscheinung der alten Frau in Jeans und Flanellhemd weckte die Erinnerung an eine amerikanische Einsiedlerin, die mit einer Flinte im Anschlag einer Horde Indianern trotzen würde, um ihr Hab und Gut zu verteidigen. Leonore musste ihre Gedanken erraten haben und grinste.

»Was? Hast du gedacht ich sitze häkelnd auf dem Sofa? Nein, das erledigt Käthe. Sie wohnt seit Großvaters Tod bei mir.«

Als ob Käthe auf ihr Stichwort gewartet hätte, kam sie aus der Küchentür. Sie raffte die Strickjacke über ihrem üppigen Busen zusammen und streckte Lara die weiche Hand entgegen.

Während Käthe Laras Tasche und Jacke abnahm, ging Leonore von einem Fenster zum anderen, schloss die Holzläden und verriegelte die Türen. Sie bemerkte Laras ängstlichen Blick.

»Mach dir keine Sorgen, hier bist du sicher. Und außerdem haben wir noch die hier.«

Sie griff nach Opas Wehrmachtspistole und legte sie in den obersten Schieber ihrer Kommode, die am Fuße der Treppe ins Obergeschoss stand. Noch ehe Lara einen klaren Gedanken fassen konnte, schob Käthe sie in die Küche. Es roch wunderbar nach Großmutters Bohneneintopf, Laras Lieblingsgericht.

Nach dem Essen versammelten sich die drei Frauen um den Kamin. Leonore nahm in Großvaters Ohrensessel Platz, Käthe setzte sich auf das Sofa, holte ihre Stricknadeln hervor und Lara ließ sich wie früher im Schneidersitz auf einem großen Federkissen auf dem Boden nieder. Das Feuer prasselte im Kamin und die Holzscheite knisterten. Das Blockhaus hatte sich seit ihrem letztem Besuch kaum verändert. Die Bodendielen knarrten noch immer, Geweihe zierten die Wände und auf dem Sekretär stand Großvaters Fiedel gegen die Wand gelehnt. Nur das alte Sofa, auf dem sie Trampolin gesprungen waren, hatte einen neuen Bezug mit Blumenmuster bekommen. An der Wand hing ein in Öl gemaltes Portrait von Großvater.

»Was sind das für Unannehmlichkeiten, in denen du steckst?«, fragte Leonore.

Lara hatte ihr heute Nachmittag am Telefon erzählt, dass sie Schwierigkeiten habe und für einige Zeit untertauchen wolle. Lara starrte in das Feuer und nippte an ihrem Glas Rotwein.

»Er verfolgt mich seit Wochen, weiß alles über mich. Er beobachtet mich.«

»Um Himmels willen, wer?«, fragte Leonore.

»Zuerst bekam ich anonyme Anrufe. Der Widerling belästigt mich mit obszönen Sprüchen, nennt mich seinen ›Zuckerstern‹.« Lara schüttelte ihren Kopf und schwenkte den Rotwein in ihrem Glas.

»Immer wieder schickt er mir rote Rosen, steckt sie in meinen Briefkasten, legt sie vor meiner Wohnungstür ab oder klemmt sie hinter den Scheibenwischer meines Wagens.«

Käthe ließ das Strickzeug auf ihren Schoß sinken und blickte über den Brillenrand zu Lara hinüber.

»Er weiß wann ich wohin gehe, welches Essen ich am liebsten koche, welche Farbe meine Unterwäsche hat und lauter solche Dinge.«

»Hast du die Polizei informiert?«, wollte Leonore wissen.

»Polizei«, lachte Lara, trank ihr Glas in einem Zug aus und schenkte sich nach.

»Die Beamten können mich nicht rund um die Uhr beschatten. Sie haben zwar eine Fangschaltung eingerichtet, aber der Kerl hat das bemerkt und jedes Mal aufgelegt, bevor die Polizei ihn orten konnte. Er beobachtet mich. Egal was ich tue, er weiß Bescheid.« Lara fuhr sich durch die Haare. »Heute Mittag, als ich nach Hause kam, war mein Schlafzimmer mit blutroten Rosen übersät. Sie lagen überall, auf dem Boden, auf meinem Bett und was er sonst noch getan hatte, wollte ich mir gar nicht ausmalen. Als ich das zerwühlte Laken sah, konnte ich es mir jedoch denken. Mein Gott, das ist so erniedrigend.«

Lara vergrub ihr Gesicht in der Armbeuge.

»Du meinst, er war in deiner Wohnung, in deinem Bett?« Käthe quollen die Augäpfel hervor.

»Und nicht nur das«, Laras Stimme zitterte, »er hat meinen Kleiderschrank durchwühlt und Spitzenwäsche mitgenommen.«

»Gütiger Gott!«, entfuhr es Leonore.

»Er ist besessen von der irren Idee, dass wir eines Tages heiraten werden und ich ihm dann ganz alleine gehöre. Er glaubt, dass meine Liebe zu ihm mit der Zeit wachsen wird. Der Mann ist doch vollkommen irre.« Lara ließ den Kopf nach hinten auf das Sofa kippen und seufzte. »Er ist wie eine Spinne, sitzt irgendwo im Dunkeln und beobachtet mich. Er hat ein Netz um mich herumgesponnen und jedes Mal, wenn ich mich darin verheddere, wickelt er den Faden enger, bis ich irgendwann keine Luft mehr bekomme.«

Leonore erhob sich und stocherte mit dem Schürhaken in den Flammen.

»Und was willst du jetzt tun?«, fragte sie.

»Keine Ahnung«, Lara seufzte. »Ich hoffte, ich könnte mich einige Tage bei euch verstecken und überlegen, wie ich diesem Wahnsinn ein Ende bereiten kann.« Die drei Frauen schwiegen.

»Du musst ihn provozieren!«, sagte Leonore plötzlich mit fester Stimme und stieß den Schürhaken wie einen Speer in das Feuer. Funken sprühten aus der Glut empor.

»Leonore!«, schrie Käthe auf. Lara neigte den Kopf zur Seite und saß erwartungsvoll auf ihrem Federkissen. Leonore schenkte jedem noch ein Glas Rotwein ein, bevor sie sich wieder in ihren Sessel setzte und die Stirn runzelte.

»Kannst du dich noch an unseren Waldhexenschwur erinnern?«, fragte sie plötzlich. »Die erste Regel lautete: Nichts, was wir hier erleben oder erzählen, darf an die Außenwelt gelangen.«

»Großmutter«, sagte Lara, »ich werde das Gefühl nicht los, dass du irgendetwas ausheckst.«

Leonore nickte.

»Du musst auf seine Wünsche eingehen. Du musst mit ihm reden und ihn glauben machen, dass du dich für ihn interessierst, dass seine Aufmerksamkeit dir schmeichelt und du ihn kennenlernen möchtest.«

»Bitte?« Lara sprang in die Höhe.

»Setz dich wieder hin und höre mir zu.« Großmutter kippte ihr Glas Rotwein in einem Zug herunter und stellt es unsanft auf den Beistelltisch.

Lara setzte sich.

»Wir werden ihn aus seinem Versteck treiben und den Spieß umdrehen.« Leonore trommelte mit ihren Fingern auf die Armlehne des Sessels.

»Wir werden ihn hierher locken und ihn das Fürchten lehren. Der Schuppen hinter dem Haus ist perfekt dafür geeignet. Dort sperren wir ihn ein und niemand wird den Mistkerl schreien hören, wenn wir ...«

»... ihn foltern?«, fragte Käthe.

Lara lächelte, doch als sie Großmutters entschlossenen Gesichtsausdruck sah, lief ihr ein eiskalter Schauer über den Rücken. Die drei Frauen schmiedeten Pläne, wie sie dem Stalker das Handwerk legen konnten.

Es war schon nach Mitternacht, als sie sich in ihre Schlafgemächer zurückzogen. Lara legte sich in ihr Bett und grübelte. Das Mondlicht durchflutete ihre Kammer und zeichnete Schatten an die Wand. Die Sterne funkelten am Himmel und die Geräusche des Waldes drangen durch das gekippte Fenster. Die Bäume knarrten wie alte

Holztüren, die Äste der Fichten wogten im Wind und rauschten wie Ballkleider aus Tüll. Plötzlich hörte Lara etwas, das nicht zu den Geräuschen der Nacht gehörte. Schritte. Sie kroch unter ihrer Decke hervor und schlich ans Fenster. Der Holzboden ächzte. Außer dem schwarzen See, auf dem sich der Mond spiegelte und den dunklen Fichten, die die Lichtung einzäumten, war nichts Außergewöhnliches zu erkennen. Sie legte sich wieder in ihr Bett und zwang sich zur Ruhe, tat aber kein Auge zu. Immer wieder glaubte sie Schritte oder andere beunruhigende Geräusche zu hören.

Schließlich schlug Lara ihr Federbett zurück und stand auf. Ein Glas warme Milch würde ihre Nerven beruhigen, dachte sie, öffnete die Zimmertür und huschte barfuß, nur mit ihrem Nachthemd bekleidet, die Treppe nach unten. Sie tastete sich durch die Dunkelheit bis in die Küche vor und knipste das Licht an.

Käthes Anblick traf Lara wie ein Keulenhieb. Die alte Frau saß am Küchentisch, ihr Kopf war zur Seite gekippt und aus einer tiefen Schnittwunde an ihrer Kehle quoll Blut. Es sickerte über ihre Brust, rann an den nach unten hängenden Armen entlang, sammelte sich an den Fingerspitzen und tropfte auf den Holzboden, wo sich bereits eine große Lache gebildet hatte. Käthe war tot.

»Nein!«, schrie Lara, wollte weglaufen, wollte raus, brauchte Luft, doch stattdessen stand sie wie tiefgefroren vor der toten Frau und konnte nichts anderes tun, als sie anzustarren.

Schritte hallten durch die Nacht. Jemand war im Haus. Großmutter? Lara löste sich aus ihrer Lethargie und stolperte rückwärts zur Treppe, versuchte zu rufen, aber aus ihrer Kehle quiekte nur ein erbärmliches »Leonore«. Die Schritte kamen näher. Plötzlich stand Leonore oben an der Treppe.

»Was ist denn los?«, rief sie und schnürte ihren Bademantel um die Taille zusammen. Im selben Augenblick tauchte hinter Leonore eine dunkle Gestalt auf und versetzte ihr einen kräftigen Stoß in den Rücken. Leonore schrie auf, verlor das Gleichgewicht und kippte nach vorne. Sie stürzte die Treppe hinab. Ihre Arme und Beine wirbelten kreuz und quer durch die Luft und bei jedem Aufschlag krächzte die alte Holztreppe unter ihr. Und dann war plötzlich alles still. Leonore blieb mit verdrehten Beinen am Fuße der Treppe reglos liegen. Lara zitterte, sie konnte sich nicht bewegen.

»Zuckerstern«, hörte sie die verhasste Stimme ihres Peinigers aus der Dunkelheit keuchen. Er hatte sie gefunden. Das Licht der Küche reichte nicht aus, um sein Gesicht zu erkennen. Alles was Lara sah, war ein finsterer Schatten, der sich am oberen Ende der Treppe aufbäumte. Dann stieg er langsam Stufe um Stufe die Treppe hinab. Jeder seiner Schritte hallte wie ein Paukenschlag durch das Haus. Laras Lebensgeister kehrten zurück, sie rannte zur Haustür, packte die Klinke und wollte fliehen, doch es war abgesperrt.

»Zuckerstern, warum läufst du davon?«, keuchte er.

Lara erschauderte, lief in die Küche und wollte durch den Hintereingang fliehen. Ein weiterer Schritt polterte auf der Treppe. Die Balken bebten.

»Ich habe euch belauscht«, hörte sie seine Worte, die wie Pfeile aus der Dunkelheit auf sie einschossen, »deine Großmutter war eine kluge Frau. Sie wollte, dass wir uns kennenlernen. Aber sie war nicht klug genug auch die Fenster im Obergeschoss zu verriegeln.«

Lara lief an Käthes Leiche vorbei und versuchte durch die Küchentür in den Garten zu entkommen, doch auch hier war abgeschlossen. Lara riss verzweifelt die Schubladen einer kleinen Kommode auf und durchwühlte den

Inhalt wie ein Tornado, aber sie fand den Schlüssel nicht. Wieder dröhnten zwei Schritte durch die Nacht. Ihr Verfolger kam immer näher und Lara rutschte in der Blutlache zu Käthes Füßen aus, schlug im Fallen mit ihrem Ellenbogen hart an die Tischkante und stürzte auf die kalten Steinfliesen. Das Blut spritzte auf und übersäte ihr weißes Nachthemd mit roten Flecken und Schlieren - den Fingerabdrücken des Todes.

»Zuckerstern«, keuchte die verhasste Stimme aus der Dunkelheit, »jetzt wird uns niemand mehr trennen.«

Lara stützte sich mit den Händen ab, rutschte immer wieder mit ihren blutverschmierten Füßen aus und schlug auf den Boden. Mit hektischen Bewegungen rappelte sie sich schließlich auf und riss das Fenster und den Holzladen auf. Unter Schmerzen zog sie sich auf die Anrichte empor und kletterte in die finstere Nacht hinaus. Ihr Verfolger musste den Luftzug gespürt haben, denn seine Schritte donnerten plötzlich wie Kanonenfeuer die letzten Stufen der Holztreppe nach unten. Er folgte Lara und zwängte sich durch das Fenster nach draußen.

Lauf! Rief eine Stimme in Laras Kopf und sie lief. Ihr dünnes Nachthemd flatterte zwischen ihren Beinen und die eisige Kälte der Nacht biss in ihren Körper. Schwere Schritte stapften hinter ihr durchs Gras. Sie stolperte mit ihren nackten Füßen immer weiter, über Steine und kleine Äste, verfing sich in Dornenranken und zerriss ihr Hemd. Die kalte Luft schmerzte beim Atmen in ihren Lungen. Lauf! Hörte sie abermals die Stimme in ihrem Kopf und sie lief, aber wohin? Da fiel ihr plötzlich Leonores Ruderboot ein. Sie schlug einen Haken und hetzte quer über die taunasse Wiese Richtung See. Wenn sie nur weit genug aufs Wasser hinauskäme, dachte sie, wäre sie erst einmal in Sicherheit. Lauf! Laras Füße waren taub vor Kälte. Sie rutschte auf dem nassen Boden aus und stürzte. Ihr Schrei verhallte ungehört in der Dunkelheit.

Die Schritte hinter ihr kamen unaufhaltsam näher. Lara rappelte sich wieder auf und lief weiter. Sie erreichte völlig erschöpft den wackeligen Holzsteg und konnte ihr Glück kaum fassen, als sie Leonores Boot an dessen Ende liegen sah. Das Holz unter ihren Füßen wackelte hin und her.

»Halt, bleib stehen!«, knallte plötzlich die Stimme ihres Verfolgers wie ein Peitschenhieb durch die Finsternis.

Lara erstarrte. Seine Schritte kamen näher.

»Zuckerstern, lauf nicht davon.« Lara drehte sich um und starrte auf die Hand des Mannes, die er ihr entgegenstreckte, mit der er sie jeden Moment berühren würde. Ihr Blick tastete sich nach oben, glitt über seine muskulöse Brust, die sich unter seinem schwarzen Rollkragenpullover abzeichnete und weiter bis hinauf zu seinem Gesicht. Noch nie zuvor hatte Lara über das Aussehen des Stalkers nachgedacht. Für sie war er ein widerlicher Mensch, eine Bestie, vor der sie Angst hatte, doch als sie nun in ein gut aussehendes Männergesicht starrte, war sie verwirrt. Er lächelte und zwei kleine Fältchen um seine Augen verliehen ihm ein freches Zwinkern.

Der Steg vibrierte mit jedem Schritt, den der Mann auf sie zukam. Er lächelte. Lara schreckte zurück und plötzlich erinnerte sie sich wieder an die dritte Waldhexenregel. Sie wusste, dass sie nur diese eine einzige Chance hatte, und atmete tief ein, stieß einen animalischen Schrei aus und rammte ihren Kopf wie ein Stier in den Magen des Mannes. Vollkommen überrascht von dieser Attacke, stolperte er nach hinten und kippte in das dunkle Wasser des Sees. Eine Fontäne spritzte in die Höhe und schlug über ihm zusammen. Lara zitterte und sie beobachtete, wie er mit den Armen ruderte und verzweifelte Laute von sich gab, doch das Wasser war morastig. Er hatte keine

Chance. Waldhexenregel Nummer drei lautete, geht niemals alleine an den See, denn er ist böse und verschlingt alles, was er zu fassen bekommt. Der Schlamm zog den Mann gurgelnd in die Tiefe.

Lara hatte gesiegt, aber um welchen Preis. Leonore und Käthe waren tot. Sie lief durch das nasse Gras und weinte. Ihr Körper bebte im kalten Nachtwind. Plötzlich hörte sie das Wasser im See spritzen und drehte sich um. Der Stalker kämpfte gegen die morastige Brühe an und zog sich an Land. Er kam auf die Füße und torkelte hinter Lara her. Seine schweren Schritte gewannen an Kraft, wurden immer schneller, kannten nur noch ein Ziel. Rache.

Laras Herz raste. Sie hetzte auf das Blockhaus zu. Ihr verschmiertes Nachthemd klebte nass an ihrem Körper, zog sie wie eine Bleiweste nach unten und erschwerte ihr das Laufen. Nur mit letzter Kraft hievte sie sich durch das hell erleuchtete Küchenfenster in das Blockhaus, huschte an Käthes Leiche vorbei und rannte in den Flur. Laras letzte Rettung war Großvaters Wehrmachtspistole, die Leonore vorhin in der Kommode versteckt hatte. Als sie die Treppe erreichte, blieb sie erschrocken stehen. Leonore saß im Halbdunkel mit unnatürlich abgewinkelten Beinen auf dem Boden und lehnte mit dem Rücken gegen die Wand. Ihr Gesicht war schmerzverzerrt und in ihrer Hand hielt sie Großvaters Pistole. Mit größter Anstrengung zielte sie auf die Küchentür, durch die Lara gerade gekommen war. Leonore lebte! Lara schluchzte und sank vor ihr auf die Knie. Dicht hinter ihr wankte der Stalker tropfend nass und mit einer Schlammschicht überzogen, fluchend durch die Küchentür.

»Fahr zur Hölle!«, fauchte Leonore, zielte und drückte ab. Der Schuss durchzuckte die Nacht. Lara drehte sich um und sah, vom Küchenlicht geblendet, die schwarze

Silhouette des Stalkers zusammenbrechen.

»Zuckerstern«, keuchte er ein letztes Mal, ehe er tot auf den Boden schlug. Kleine Wasser und Schlammtröpfchen spritzten in die Höhe und legten sich wie ein feines Netz um die tote Spinne.

## *Wangenrot und Rosentod*

Die Straßenbahn polterte über die Schienen hinweg, als ob sie die Verspätungen der letzten Woche aufholen wollte, und schaukelte ihre Fahrgäste auf den gefederten Sitzen hin und her. Alles wackelte und vibrierte und keiner der Fahrgäste bemerkte, dass die junge Frau hinter der Tageszeitung zitterte. Das passierte Henriette jedes Mal, bevor sie am Treffpunkt ankam.

Sie versuchte zu lesen, aber sie konnte sich nicht konzentrieren und verstand kein Wort. Die fetten Schlagzeilen kannte sie sowieso auswendig. Zurzeit gab es nur ein Thema in der Stadt - der Serienmörder und seine zwölf Opfer.

Henriette faltete die Zeitung zusammen, stopfte sie in ihre Tasche, die sie zwischen den Füßen eingekeilt hielt und streichelte über die Rosenranke, die daraus hervorlugte. Es wurde dunkel. Die Gesichter der Fahrgäste spiegelten sich in den Fensterscheiben und die junge Frau betrachtete das Ihre voller Geringschätzung. Sie empfand ihre Nase als zu krumm, hasste die Aknenarben auf den Wangen und schämte sich dafür, dass sie schielte.

Die Straßenbahn legte sich in eine Kurve und die Eisenräder quietschten. Henriette musste sich anstrengen, dass sie nicht mit ihrem Oberschenkel gegen den ihres Sitznachbarn stieß. Sie hatte noch niemals Körperkontakt mit einem Mann gehabt. Allein der Gedanke war ihr zuwider. Der Fahrgast neben ihr, er roch nach Schweiß und seine Haare klebten an der Kopfhaut, zwinkerte ihr zu. Henriette schoss die Röte in die Wangen. Verlegen rückte sie ihre Pfunde auf dem schmalen Sitz zurecht.

Keine zwei Minuten später erreichten sie die nächste

Haltestelle. Der Mann stand auf, grinste Henriette zu und verließ die Bahn. Wieder begann ihr Gesicht zu glühen, aber dieses Mal drehte sie den Kopf zur Seite und schnitt eine Grimasse. Sie verabscheute Männer.

Drei Stationen weiter krächzte die Ansage »Stadtpark Nord« durch den Lautsprecher. Henriette nahm ihre Tasche und stieg aus. Auf dem Fußweg blieb sie einen Moment stehen und wartete, bis die Bahn wie ein leuchtender Wurm in der Dunkelheit verschwand und die Passanten sich in alle Richtungen verteilten.

Dann schlüpfte sie durch das schmiedeeiserne Tor in den Stadtpark hinein. Eine wuchtige Steinmauer umgab das Gelände und schluckte den Straßenlärm. Es wurde still. Die Bäume streckten ihre Äste wie gichtkranke Finger in den tintenschwarzen Himmel und das mondgelbe Licht einzelner Laternen beleuchtete die Wege. Ein schöner Platz, um zu sterben, dachte sie.

Irgendwo schlug eine Kirchturmuhr neun Mal. Henriette blieb noch genügend Zeit und so schlenderte sie den Kiesweg bis zu der Gipsbüste entlang, die sie am Telefon als Treffpunkt genannt hatte. Sie setzte sich auf die grünlackierte Holzbank und wartete. Ihr Blick schweifte zu dem nackten Liebesboten, der mit Pfeil und Bogen in die Nacht zielte. Da thronte er in seiner Mannespracht und schien sich nicht im Geringsten zu schämen. Henriettes Wangen färbten sich blutrot. Sie drehte den Kopf zur Seite und spürte ihren Puls in den Schläfen pochen. Hastig zog sie ihre Tasche zu sich, angelte ein großes Küchenmesser daraus hervor und versteckte es im Ärmel ihres Mantels.

Henriette genoss die Vorfreude. Obwohl es heute ihre dreizehnte Verabredung war, fühlte es sich noch genauso aufregend an wie beim ersten Mal. Männer, dachte sie und spuckte zu Boden, lästig wie Insekten. Sie tickten alle gleich. Sobald sie eine Frau sahen, glotzten sie entweder in deren Dekolleté oder auf ihren Po und schwirrten um sie herum wie die Fliegen um den Honigtopf. Es war ihnen völlig gleichgültig, ob das Opfer ihrer Begierde Intellekt oder Humor besaß. Es ging ihnen immer nur um die äußere Erscheinung. Henriette, die nicht in dieses Beuteschema fiel, wurde von ihnen wie ein klebriges Insektenband gemieden und das stach tiefer, als jeder Mückenstich. Deswegen hatte sie Rache geschworen. Sie musste etwas gegen diese Plage unternehmen.

Ein Kauz schrie durch die Nacht. Henriette schloss die Augen und da war es wieder, dieses Kribbeln im Bauch. Sie spürte es seit einigen Tagen. Sie wollte es nicht spüren, sie wollte ihn hassen, genau wie die anderen Männer auch, aber wenn er lächelte, schmolz  sie wie Butter in der Sonne.

Sie hatte ihn zum ersten Mal in der Gärtnerei getroffen, als sie die passende Rose für Eugen ausgesucht hatte. Er war neugierig gewesen, warum ihr der Name der Rose wichtiger sei, als die Farbe der Blüte. Dass er keine Antwort von ihr bekam, sondern nur einen vernichtenden Blick, schien ihn nicht zu kümmern, im Gegenteil, als sie den Laden verließ, blickte er ihr neugierig hinterher. Seitdem glaubte sie, dass er sie verfolgte und beobachtete. Was, wenn er sich nur über sie lustig machte? Henriette hatte schon überlegt, ob sie ihn nicht als ihr nächstes Opfer auswählen sollte.

Als er sie jedoch gestern im Supermarkt anlächelte, waren ihre Zweifel wie Blütenblätter im Herbstwind verflogen. Mit blutrotem Kopf hatte sie zurückgelächelt. Er hieß Viktor, das erfuhr sie, als er telefonierte. Seine tiefe Stimme klang wie das Brummen einer Hummel. Henriette glaubte nicht, dass es Zufall war, dass er ihr folgte und das gefiel ihr. Vielleicht sollte sie demnächst keine weiteren Verabredungen mehr treffen und lieber ein Rendezvous ganz anderer Art ausmachen.

Der Kauz schrie abermals und Henriette schreckte auf. Sie schaute auf ihre Armbanduhr. Johannes, ihre heutige Verabredung, musste jeden Moment kommen. Sie wählte ihre Opfer sorgfältig aus, nämlich Männer, die glaubten, sie brauchten nur mit den Fingern zu schnippen und konnten jede Frau kriegen, die sie begehrten. Ihre Arroganz war einfach unerträglich.

Henriettes Plan war simpel und sie hatte zuerst nicht erwartet, dass er funktionierte. Tagelang spionierte sie die Gewohnheiten der auserwählten Männer und ihrer Frauen aus. Wann gingen sie wohin und wie lange blieben sie fort und solcherlei Dinge. Das war nicht immer ganz einfach, aber notwendig, damit ihre Geschichte am Telefon auch glaubwürdig klang. Sobald die Frau abends alleine das Haus verließ, rief Henriette den Ehemann an und behauptete, dass seine Gattin entführt worden sei. Eine Bande von Menschenhändlern wollte sie in die Ostblockstaaten verschleppen. Wenn er allerdings sofort fünftausend Euro zahlte, dann konnte er seine Frau retten. Bis auf einen Mann, der seine Gemahlin anscheinend nicht zurückhaben wollte, kamen sie alle angerannt und bezahlten, mit fünftausend Euro ... und ihrem Leben.

Nach jedem Mord pflanzte Henriette einen Rosenstock mit dem passenden Namen in ihren Garten, eine Trophäe, eine Belohnung als Balsam für ihre Seele. Als sie Eugen getötet hatte, pflanzte sie Eugénie. Als Josef starb, wurde Josephine in die Rosenhecke eingesetzt. Genauso war es bei Luis und Louise, Karol und Caroline und all den anderen gewesen. Heute Abend, wenn Johannes seine Rolle gespielt hatte, wollte sie Jeanne, die sie in der Tasche bei sich trug, zu den anderen Rosen setzen. In Henriettes Garten wuchsen inzwischen zwölf Rosen, die reiner und makelloser waren, als deren männliche Namensvettern.

Plötzlich hörte sie Schritte auf dem Kies. Es war soweit. Eine dunkle Gestalt mit wehendem Mantel tauchte aus der Dunkelheit auf und schritt geradewegs auf den Treffpunkt zu. Henriette sprang von der Bank empor, versteckte sich hinter der Gipsbüste und beobachtete ihr Opfer. Johannes war klein und untersetzt, nicht der Typ, von dem man vermutete, dass er eine Geliebte hatte und seine Frau nach Strich und Faden betrog. Doch das sollte nun ein Ende haben. Henriette kontrollierte ein letztes Mal den Sitz ihres Küchenmessers und trat beherzt aus ihrer Deckung hervor. Johannes fuhr zusammen.

»Hallo?«

Henriette schwieg und ging auf ihn zu.

»Wo ist meine Frau?«

Sie hörte die Angst in seiner Stimme.

»Bitte, wo ist sie?«

»Haben Sie das Geld dabei?«

Johannes streckte ihr eine Plastiktüte entgegen. Henriette lächelte, nahm den Beutel und warf einen Blick hinein. Sie konnte mit einer Hand nicht nachzählen, aber das war nebensächlich. Ihr ging es nicht um das Geld, sondern sie genoss das honigsüße Gefühl der Rache, wenn die Männer vor ihr standen und um das Leben ihrer Frauen winselten. Ihre Arroganz war dann stets wie weggeblasen und die nackte Angst ließ sie wie Mücken zappeln, die schließlich doch am Klebeband gelandet waren. Die Macht, die Henriette in jenen Momenten über die Männer hatte, versetzte sie jedes Mal in eine Euphorie, die einer heißen Liebesnacht nahe kommen musste, wenn sie dem glauben durfte, was andere darüber erzählten. Sie fieberte dieser Wollust entgegen, sehnte sich nach dem prickelnden Gefühl, das ihr die Nackenhaare aufstellte und eine Gänsehaut über den Körper jagte.

Aber heute war es anders, sie musste plötzlich an Viktor denken. Sie fragte sich, ob er für sie das Gleiche täte, ob er sein Leben für sie riskieren würde?

»Wo ist denn nun meine Frau?«

Johannes wurde ungeduldig und stemmte die Fäuste in die Hüften. Henriette spürte seine Angst in Ärger umschlagen, doch das durfte sie nicht zulassen. Sie musste ihn bestrafen, ihn wie ein Insekt aufspießen und riss das Messer aus dem Ärmel. Gerade als sie im großen Bogen ausholte und zustechen wollte, packte jemand von hinten ihre Hand und quetschte sie, bis sie die Klinge fallen ließ.

»Autsch!«

»Halt, nicht so schnell«, keuchte eine tiefe Stimme in ihr Ohr. Der Mann hatte sich von hinten angeschlichen und ihr den Arm mit geübtem Griff auf den Rücken gedreht. Henriette hatte ihn sofort erkannt. Johannes nutzte die Gelegenheit, schnappte sich die Tüte mit seinem Geld und wich einen Schritt zurück. Kalte Handschellen krallten sich um Henriettes Handgelenke.

»Lassen Sie ihre dreckigen Finger von mir!«, schrie sie und versuchte sich loszureißen.

»He, immer mit der Ruhe«, sagte der Mann und grinste. Er zog seinen Dienstausweis aus der Tasche und hielt ihn Henriette vor die Nase. Dann schob er langsam seine Mütze aus der Stirn - Viktor.

»Sie ... sind Polizist?« Henriette rang nach Luft.

»Yep, und ich verhafte Sie wegen Mordes in zwölf Fällen.«

Zwei Streifenpolizisten tauchten hinter ihm aus der Dunkelheit auf, packten sie links und rechts an den Armen und wollten sie abführen. Henriette bäumte sich auf und wehrte sich so gut es ging.

»Sie Mistkerl«, schrie sie Viktor an, »Sie haben mich die ganze Zeit nur observiert? ... Sonst nichts?«

Henriette dachte an sein Lächeln, an das Kribbeln in

ihrem Bauch und wie dämlich sie gewesen war, zu glauben, dass es hätte mehr sein können. Vor Scham und Enttäuschung färbten sich ihre Wangen blutrot, rosenrot.

## *Fährmann hol über!*

Das Klingeln des Telefons riss Aaron aus dem Dämmerschlaf. Er konnte seine Augen nicht öffnen, er wollte seine Augen nicht öffnen. Das Läuten erinnerte ihn an eine Schiffsglocke, die ihre Passagiere zum Einsteigen ermahnte, und er wusste, dass der Fährmann ablegen würde, ohne auf verspätete Fahrgäste Rücksicht zu nehmen. Genauso würde der Anrufer früher oder später auflegen, wenn niemand antwortete.

Die Sommersonne schien auf Aarons Gesicht. Eine wohlige Schwere floss durch seinen Körper und drückte ihn in das Polster seines Liegestuhls. Plötzlich wurde es still. Das Telefon klingelte nicht mehr und Aaron schlug die Augen auf. Er wusste, wer am anderen Ende der Leitung gewesen war.

»Niemand zu Hause«, sagte er und schmunzelte. Er streckte seine Arme unter der Wolldecke hervor und verschränkte sie hinter seinem Kopf.

Aaron war froh, dass seine Frau das Telefon nicht gehört hatte. Sie stand oben auf der Leiter im Kirschbaum und erntete die prallen Früchte. Jedes Mal, wenn sie sich reckte und nach den Kirschen griff, rutschte ihr T-Shirt ein Stück in die Höhe und er konnte ihre nackte Haut sehen. Am liebsten wollte er sie umarmen und alles vergessen, was geschehen war, mit ihr in das Boot am Ufer steigen und den Fährmann bestechen, dass er flussaufwärts ruderte. Einfach noch einmal von vorne beginnen und die Vergangenheit wie einen Stein im dunklen Wasser des Flusses versenken.

Wäre Doktor Charon, der neue Hausarzt, nicht hierher in die Stadt gezogen, dachte Aaron, wäre alles anders gekommen. Flora konsultierte ihn wegen jeder Kleinigkeit und schwärmte von ihm. Aaron mochte ihn nicht. Für ihn war er ein Schönling im weißen Kittel. Der Arzt, dem die Frauen vertrauen, höhnte er. Flora schimpfte, wenn er so sprach.

Keine drei Wochen nach seiner Praxiseröffnung überraschte Aaron seine Frau, als sie mit Charon telefonierte. Sie hatte ihn bemerkt und sofort aufgelegt. Ihre Wangen glühten. Aaron wurde misstrauisch und begann zu beobachten, wohin Flora ging und mit wem sie sich traf. Sie spazierte oft gedankenverloren durch den Park oder schlenderte lustlos durch die Stadt. Sie war geschickt gewesen, denn Aaron konnte ihr nichts nachweisen, außer dass sie ständig mit diesem Arzt telefonierte.

»Hast du nicht Lust mir zu helfen?«, rief Flora plötzlich aus dem Kirschbaum und riss Aaron aus seinen Gedanken. Er blinzelte. Flora stand weit oben auf der Leiter und kämpfte mit einem Ast, der sich in ihren Haaren verfangen hatte. Sie befreite sich und wischte mit dem Handrücken eine ihrer unzähmbaren braunen Locken aus dem Gesicht.

»Nein, ich will mich lieber noch etwas ausruhen«, sagte Aaron.

Flora zuckte mit den Schultern und pflückte weiter. Sie reckte sich, griff nach den roten Früchten und legte sie in den Eimer, der an der Leiter befestigt war.

Das Telefon klingelte erneut. Flora konnte es immer noch nicht hören. Der warme Sommerwind rauschte durch die Blätter. Wieder dieses Läuten und der Fährmann stand in seinem Boot und wartete auf die Fahrgäste, wartete auf Aaron. Weiß gekleidete Männer winkten ihm vom anderen Ufer aus zu.

Er schloss die Augen und tauchte in seine trüben Gedanken ein. Er erinnerte sich, dass Flora damals jeden Tag mit Doktor Charon telefonierte, und als er sie zur Rede stellte, war sie ihm ausgewichen und hatte geweint. In jenem Moment begriff Aaron, was vor sich ging. Seine Frau hatte ein Verhältnis mit diesem Mann. Der Boden schaukelte unter seinen Füßen wie ein Holzboot auf den Wogen des Flusses. Er verlor das Ruder, wurde von einem Strudel ergriffen und immer weiter getrieben, konnte nicht anhalten, bis es er nur noch Hass und Wut spürte. Seine Fahrt wurde immer schneller, seine Überzeugung immer klarer.

Monate vergingen, ehe Flora seine Fahrt auf den Abgrund hin verlangsamte. Sie meinte, er leide unter Wahnvorstellungen. Er und Wahnvorstellungen, absurd! Aaron schäumte vor Wut. Flora blieb hartnäckig, trotz der Tränen in ihren Augen. Sie bestand darauf, dass er einen Arzt konsultieren und sich untersuchen lassen sollte. Das war ein abgekartetes Spiel, das an Unverschämtheit nicht zu übertreffen war, dachte Aaron. Er stürmte die Praxis von Doktor Charon. Er randalierte und tobte, wurde handgreiflich. Daraufhin traf er sie zum ersten Mal, die weiß gekleideten Männer von der anderen Uferseite. Sie nahmen ihn mit und er bestieg das Boot am Fluss.

Aaron wurde in die Psychiatrie eingewiesen. Flora besuchte ihn jeden Tag. Die Medikamente trübten seine Sinne, und er erkannte sie nur noch schemenhaft durch den zähen Nebel, der auf dem Fluss waberte. Er hörte jedoch, wenn sie sagte, es sei alles nur zu seinem Besten. War denn nicht alles bestens gewesen, bevor sie ihn hintergangen hatte?

Flora besuchte ihn wahrscheinlich nur, weil sie ein schlechtes Gewissen hatte, dachte Aaron. Er wusste, dass er so etwas nicht laut aussprechen durfte. Die Ärzte würden ihn sofort wieder mit Gesprächen quälen. Sie ließen nichts unversucht, damit ihre Therapie anschlug.

Während seines Aufenthaltes in der Klinik floss das Leben auf der anderen Uferseite weiter dahin. Aaron verlor seine Stellung, da er für die Firma untragbar geworden war. Er malte sich aus, wie Flora und der Arzt miteinander telefonierten und dabei über ihn lachten. Sie hatten sein Leben ruiniert und ihm das Wort »verrückt« auf die Stirn gebrannt. Dafür hasste er beide, vor allem aber seine Frau.

Aaron absolvierte die Therapien, gab vor, seine Medikamente zu nehmen, und verhielt sich so unauffällig wie möglich, bis er die Klinik schließlich verlassen durfte. Der Nebel hatte sich verflüchtigt und Aaron ließ die weißen Gestalten auf ihrer Uferseite zurück, während er in das Antlitz des Fährmanns starrte, der ihn höhnisch auslachte.

Als Aaron wieder zu Hause war, hörte er, dass Flora nach wie vor regelmäßig mit Charon telefonierte, aber er ließ sich nichts anmerken, denn er wusste, dass der Arzt ihn jederzeit wieder auf die andere Uferseite bringen lassen konnte. Selbst wenn Flora manchmal für einige Stunden verschwand, sagte Aaron kein Wort. Sie erzählte ihm, sie würde einkaufen oder eine Freundin besuchen, aber Aaron war überzeugt, dass sie den Arzt traf. Sie sah stets müde aus, wenn sie heimkam.

Das Telefon hatte aufgehört zu läuten und die Stille riss Aaron aus seinen Gedanken. Er atmete tief durch und reckte sein Gesicht der Sonne entgegen. Der Fährmann hatte seine Überfahrt ohne Fahrgäste angetreten.

»Komm schon, Aaron«, rief Flora und lachte, »sei nicht so träge, hilf mir lieber.«

Der Wind durchwühlte die Blätter des Kirschbaums, die wie kleine Boote in einem Wasserstrudel wirbelten. Früher hatte er den Sommer geliebt, die Arbeit im Garten, den Duft nach frisch geschnittenem Gras und Lavendel, doch Flora hatte all das kaputt gemacht. Ihr Lachen, das Vogelgezwitscher, die Gerüche der Natur hatten ihren Reiz verloren, waren dem trüben Herbst gewichen, der für ihn nur noch Nebel, Kälte und Misstrauen übrig hatte. Aaron kniff die Augen zusammen und blickte zu Flora hinüber.

Er hasste ihre aufgesetzte Heiterkeit, die Art, wie sie ihn bemutterte, als ob er wirklich verrückt sei und nicht klar denken könne. Ganz im Gegenteil, seit seiner Entlassung tat er nichts anderes, als nachzudenken.

»Nein, lass mich hier sitzen, die Sonne tut mir gut.«

»Wie du meinst«, Flora lächelte. »Soll ich dir eine Tasse Kaffee kochen?«

»Verdammt noch mal, nein!«, fuhr er sie an.

Flora schluckte und nestelte an den Zweigen vor ihrem Gesicht.

»Aaron, bitte ... ich will doch nur ...«

»Fahr zur Hölle!«

Flora verstummte. Nachdenklich kaute sie auf ihrer Lippe und seufzte. Aaron ärgerte es, dass sie ständig vorgab, um sein Wohlbefinden besorgt zu sein. Stattdessen war er überzeugt, dass sie ihn ständig kontrollierte und alles analysierte, was er sagte.

Vor drei Tagen hatte sie wieder mit Doktor Charon telefoniert. Aaron wurde zufällig Zeuge des Gespräches, verstand zwar nur einen Bruchteil des Telefonats, aber er hörte genug. Flora war verzweifelt und weinte. Sie flüsterte mit dem Kerl. Aaron begriff sofort, dass sie sich nach ihm sehnte und die beiden gemeinsam einen Plan ausheckten, wie sie den gehörnten Ehemann erneut loswerden konnten.

»Nein, meine Liebe, das gelingt dir kein zweites Mal«, sagte er leise und beobachtete Flora mit zusammengekniffenen Augen auf der Leiter. Ein Strudel der Angst, dass der Fährmann ihn wieder auf die andere Seite des Ufers holte, sowie Hass auf Flora und Charon, drehte sich in seinem Kopf. Kalter Schweiß trat auf Aarons Stirn, sein Puls hämmerte in den Schläfen.

Er sah den Fährmann mit seinem Boot auf sich zusteuern, sah sein hämisches Grinsen und die fauligen Zähne. Der Alte schaute ihm tief in die Augen, sagte kein Wort, und Aaron verstand. Das Bild des Fährmanns verschmolz mit den wogenden Ästen des Kirschbaums, bis es schließlich verschwand und Aaron wieder seine Frau erblickte. Ihr T-Shirt rutschte noch immer bei jeder Bewegung in die Höhe.

Er zog langsam die Hände hinter seinem Kopf hervor, strampelte die Decke mit den Beinen zur Seite und starrte Flora wie hypnotisiert an. Er stand auf, schlich über den geschnittenen Rasen, hin zur Leiter, die unter Floras Bewegungen leicht schwankte, und starrte zu ihr hoch. Dann packte er die Leiter mit seinen Händen.

»Mein Gott!«, rief Flora zu Tode erschrocken aus dem Gipfel des Baumes herab.

»Warum schleichst du dich an? Ich wäre vor Schreck beinahe heruntergefallen.«

Aaron spürte ihre Panik und verzog sein Gesicht zu einem teuflischen Grinsen.

»Aaron, was soll das?« Floras Stimme bebte.

»Lass mich! Du machst mir Angst, geh weg!«

Aaron schaukelte die Leiter. Flora hatte keine Zeit mehr, sich im Geäst des Kirschbaumes festzuhalten. Ein Schrei und splitterndes Holz gellte durch die sommerliche Nachmittagsstille.

Das Läuten der Schiffsglocke wurde lauter. Der Fährmann war zurück. Das Telefon klingelte. Aaron lachte, ging ins Haus und hob den Hörer ab.

»Hallo?«

»Hallo Aaron«, ertönte Doktor Charons Stimme am anderen Ende der Leitung, »Sie gehen selbst ans Telefon? Ich bin überrascht.«

Aaron verzog sein Gesicht zu einem Lächeln.

»Wie geht es Ihnen heute?«, fragte Charon.

»Besser denn je.«

»Das freut mich wirklich«, sagte der Arzt, »könnte ich bitte mit Flora sprechen?«

Aarons Mundwinkel zuckten.

»Das ist ungünstig, sie steht auf der Leiter und pflückt Kirschen.«

»Ich denke, in diesem Fall kann ich meine ärztliche Schweigepflicht ruhig einmal vergessen und Ihnen die Testergebnisse Ihrer Frau mitteilen.«

»Was reden Sie da?« Aaron verstand nicht.

»Nun, Flora hatte doch diesen Knoten in ihrer Brust entdeckt und jagt seitdem von einer Untersuchung zur anderen. Die Laborergebnisse liegen jetzt vor. Sie können vollkommen beruhigt sein. Heute kann ich hundertprozentig bescheinigen, dass Flora keinen Krebs hat. All Ihre Ängste waren zum Glück umsonst.«

Die Schiffsglocke in seinem Kopf wurde lauter und die Stimme des Arztes versank im Nebel, der den Fluss entlang waberte. Die weiß gekleideten Männer auf der anderen Seite winkten und riefen. Aaron wusste, dass er gehen musste. Fährmann, hol über!

Ich sah alles verschwommen, hörte undeutliches Murmeln und fror. Mein Kopf glich einer überdimensionalen Abrissbirne und mir tat jeder Knochen weh. Es dauerte einen Moment, ehe ich richtig zu mir kam und noch einen weiteren, ehe ich begriff, dass ich zusammengerollt auf den schmutzigen Steinfliesen eines Hauseingangs lag. Etwas Warmes schleckte plötzlich an meiner Hand. Ich zog sie mit einem gellenden Schrei zurück und starrte in die Augen eines Dackels. Er zog sofort den Schwanz ein und wackelte erschrocken seiner Besitzerin im eleganten Nerzmantel hinterher.

Ich setzte mich auf, lehnte mich mit dem Rücken gegen die Wand und stützte mich versehentlich in einem Kaugummi ab. Während ich mir angeekelt die rosafarbene Klebemasse von meinen Fingern pulte, erkannte ich durch die Beine der vorbeilaufenden Menschen, sozusagen aus der Straßenköterperspektive, den Kaufhof auf der anderen Straßenseite. Warum um alles in der Welt lag ich wie ein Penner in der Mannheimer Fußgängerzone?

Am liebsten wäre ich aus Scham in einem tiefen Erdloch verschwunden. Die Passanten würdigten mich keines Blickes. Für sie war ich sicherlich nur eine Obdachlose, eine wie viele andere in der Stadt, doch das stimmte nicht. Ich war Polizeikommissarin und hätte zu gerne gewusst, wie ich hierher gekommen war.

»Mein Kopf«, stöhnte ich und presste die Handflächen gegen meine Schläfen, als ob ich so den Schmerz wie einen Eiterpickel zu meinen Ohren hinausdrücken konnte. Meinem Trenchcoat, der vor Dreck nur so starrte, entstieg ein muffiger Geruch. Trenchcoat? Moment mal, ich habe doch gar keinen Trenchcoat. Und außerdem, was drückte darunter so entsetzlich gegen meine Rippen? Ich erhob mich und knöpfte den Mantel auf. An meinem Körper waren mindestens zehn Plastikkästchen mit Klebeband befestigt, alle untereinander mit Kabeln verbunden. Rote und grüne Leuchtdioden blinkten abwechselnd auf.

Mein Kreislauf drohte sich zu verabschieden. Mir war für einen kurzen Moment, als ob jemand einen schwarzen Tüllvorhang vor meinen Augen zuzog. Ich brauchte dringend Hilfe, griff nach meinem Handy, das neben mir auf dem Boden lag, und wollte im Polizeipräsidium anrufen. Mein Finger kreiste bereits über der Tastatur, als das Display aufleuchtete und die Magnum Titelmelodie ertönte. Ich war versucht den Anrufer wegzudrücken, nahm aber schließlich doch ab.

»Gut geschlafen, Frau Kommissarin Springer?«, fragte eine heisere Männerstimme am anderen Ende der Leitung.

»Wer sind Sie?« Ich fuhr mit der Hand durch mein zerzaustes Haar, das dringend eine Wäsche benötigte.

»Sie haben mich schon vergessen?«

»Entschuldigung, aber ich habe eben wirklich keine Zeit für ...«

»... explosive Spielchen?«, fragte der Fremde. »Dabei haben wir uns gestern Abend doch so bombig unterhalten.« Schallendes Gelächter. Meine Knie zitterten.

»Sie erinnern sich nicht mehr an mich? Ich habe Sie im Bistro angesprochen und zu einer Partie Schach eingeladen.«

Der Nebel in meinem Kopf zog sich zurück und gab die Erinnerungen an den vergangenen Abend frei. Ich ließ mich normalerweise nicht von fremden Männern ansprechen, aber seiner Einladung zu einer Partie Schach und einem Glas Chianti hatte ich nicht widerstehen können.

»Ja, ich erinnere mich«, sagte ich zögernd.

»Lassen Sie uns eine neue Partie beginnen.«

»Moment mal«, brauste ich auf, »habe ich Ihnen mein brisantes Korsett zu verdanken?«

»Schön, dass es Ihnen gefällt.«

»Sie mieses Stück Dreck. Was wollen Sie von mir?«

»Wenn Sie nicht mitspielen oder gegen die Regeln verstoßen, zünde ich die Bombe. Ich lasse Sie und mit Ihnen ahnungslose Bauernopfer in die Luft fliegen.«

Mir wurde schlecht. Ich stand noch immer in dem Hauseingang am Paradeplatz, Ecke Planken und Breite Straße und beobachtete ringsum die Menschen, die durch die Fußgängerzone schlenderten. Sie ahnten nichts von dem Unheil, das sich über ihnen wie eine schwarze Gewitterwolke zusammenbraute. Für sie war es ein Samstagvormittag wie jeder andere.

»Welche Regeln?«, fragte ich.

»Keine Polizei und Sie folgen meinen Anweisungen. Sollten Sie dagegen verstoßen, habe ich gewonnen und zünde die Bombe.«

»Und was kann ich tun, um zu gewinnen, um diesen Wahnsinn zu beenden?«, fragte ich und vermutete, dass dieser Fall wohl niemals eintreffen würde.

»Lassen Sie uns die Partie beginnen. Ihre Zeit läuft.«

»Was wollen Sie von mir?«, fragte ich und drehte mich um meine eigene Achse, vielleicht konnte ich den Anrufer irgendwo in der Menschenmenge entdecken.

»Stellen Sie sich die Quadratestadt Mannheim als ein Schachbrett aus Stein vor und ziehen Sie den Turm nach D5.«

»Was soll das, verdammt nochmal?« Mir wurde heiß und meine Herzfrequenz stieg wie die Quecksilbersäule eines Thermometers. Die Mannheimer Innenstadt ist in Quadrate aufgeteilt und die Straßennamen mit Buchstaben und Nummern versehen, das wusste ich, aber ohne Stadtplan würde ich zu lange brauchen, um mich zurechtzufinden.

»Hören Sie, wie soll ich ohne ...«

»Sie haben drei Minuten. Die Zeit läuft.«

Die Verbindung wurde unterbrochen. Schweiß trat mir aus allen Poren und überzog meinen Körper. Er roch nach einer Nacht auf der Straße und ohne jegliche Morgenhygiene sicherlich schon übel genug. Ich schnürte den Trenchcoat vorne zusammen und verstaute das Handy in der Manteltasche. *Die Zeit läuft!* Dieser kurze Satz setzte mir zu wie ein Messer zwischen den Rippen. Ich konnte das Blinken der Leuchtdioden, die nur auf ein Versagen meinerseits lauerten, regelrecht spüren.

»Reiß dich zusammen, denk nach!«, schimpfte ich und schaute mich um. Auf dem Marmorrand des Grupello-Brunnens auf dem Paradeplatz sah ich einen Mann mit Baseballkappe sitzen, neben ihm zwei junge Asiatinnen. Sie studierten einen Stadtplan, den sie auf ihren Knien ausgebreitet hatten. Ohne Zeit für Höflichkeiten, rannte ich auf sie zu, entriss ihnen die Karte und im Schutz der nächsten Hausecke hielt ich kurz inne, um mich zu orientieren.

»Ok, den Turm nach D5«, murmelte ich. Als ich das Quadrat D5 gefunden hatte, raffte ich die Karte zusammen. Es war ausgerechnet eines dieser unhandlichen Dinger, die man nie wieder in die alten Falten legen konnte. Ich sprintete los, bis zur Ecke D5 und Planken und hatte Seitenstechen. Das Handy klingelte.

»Sind Sie angekommen? Was sehen Sie?«

»Gegenüber in E5 steht das Rathaus«, antwortete ich.

»Gut, dann ziehen Sie mit dem Turm drei Felder nach Nordosten. Zwei Minuten.« Er legte auf. Stille bohrte sich wie ein Zeigefinger in mein Ohr.

»Turm nach Nordosten.« Ich suchte mein neues Ziel auf der Karte. »Ok, dann müsste ich bei G5 landen.« Mein Bombenkorsett störte mich beim Laufen, kniff in meine lästigen Speckpölsterchen. Es erinnerte mich ständig an meinen bevorstehenden Tod. Ich war erst sechsundfünfzig Jahre alt, kein Alter um zu sterben, aber ein Alter um seine Grenzen zu erkennen. Früher hatte mir ein Spurt nichts ausgemacht, aber heute lief ich langsamer, schnaufte schwerer und verfluchte jede gerauchte Zigarette. Ich erreichte mein Ziel und schon quäkte die Magnum Melodie aus meiner Manteltasche. Ich stopfte den Kopfhörer meines Headsets ins Ohr und nahm das Gespräch entgegen.

»Wo sind Sie jetzt?«, fragte der Fremde.

»G5. Verdammt noch mal, was soll dieses Spielchen?«, fauchte ich. Meine Zunge klebte an meinem Gaumen.

»Aber, aber, nur mit der Ruhe. Ich dachte, Sie lieben Schach. Im Knast hatte ich mehr als genügend Zeit, das Königsspiel zu erlernen.«

»Sie waren im Gefängnis?« Vielleicht konnte ich den Mann in ein Gespräch verwickeln, doch mein Versuch scheiterte und ich erhielt stattdessen eine neue Anweisung.

»Ziehen Sie den Läufer nach Süden, bis an den Spielbrettrand. Neun Minuten.«

»Mensch, was soll das, Sie jagen mich kreuz und quer durch die ganze Stadt.«

»Genau wie Sie damals, als Sie mich verfolgten.« Die Verbindung brach ab. Am liebsten hätte ich geschrien, als ich mein nächstes Ziel auf der Karte entdeckte. Es war am anderen Ende der Innenstadt und ich bezweifelte, dass ich es rechtzeitig erreichen konnte. Ich raste los. Meinen Kopf voller Gedanken, die wie Kohlensäure sprudelten.

Obwohl ich den ganzen Abend mit diesem Mann verbracht hatte, wusste ich nicht, wer er war. Zugegeben, er erschien mir schon ein wenig merkwürdig. Er trug seinen rechten Arm in einer Schlinge und sein Schnauzer schien aufgeklebt. Aber ich war nicht im Dienst, es war mir egal, was er zu verbergen hatte. Ich freute mich nur auf eine Partie Schach. Wir hatten uns über Belanglosigkeiten unterhalten, Chianti getrunken, gescherzt und gespielt. An das, was danach geschehen war, konnte ich mich absolut nicht mehr erinnern.

Wie unachtsam ich doch gewesen war, hatte doch oft genug Präventivvorträge in Jugendzentren und Schulen zum Thema KO-Tropfen abgehalten. Und jetzt war ich selbst darauf hereingefallen. Ich hatte arglos meinen Wein getrunken und keinen Schimmer, was danach geschehen war. Der totale Filmriss.

Unterwegs zermarterte ich mir das Gehirn, wer der Anrufer sein mochte. Gerade als ich auf dem Präsidium anrufen und meinen Kollegen Bauer um Hilfe bitten wollte, klingelte das Handy.

»Sie denken an unsere Spielregel? Keine Polizei. Nur Sie und ich«, sagte die Stimme.

»Woher wussten Sie, dass ich ...?« Verwirrt lief ich weiter.

»Intuition«, sagte er, »ich hatte recht, Sie wollten im Präsidium anrufen, nicht wahr? Das verkürzt Ihre Zeit, Strafe muss sein. Wenn Sie in fünf Minuten nicht angekommen sind, kann ich für nichts garantieren.«

Ich protestierte, doch die Leitung war bereits tot. Die Zeit war viel zu knapp bemessen. Also spurtete ich los, stieß Fußgänger zur Seite, drängelte mich durch fahrende Autokolonnen, die sich wie dickflüssiger Honig durch die Straßen ergossen, und fluchte dabei wie Rumpelstilzchen. Als ich am Quadrat L2 ankam, war ich völlig außer Atem und beugte mich keuchend vornüber. Ich konnte kaum reden, als ich den nächsten Anruf entgegennahm.

»Wo sind Sie?«

»L2, Bismarckstraße und Schloss.«

»Der Turm zieht sechs Felder nach Nordosten. Sieben Minuten.«

»Hören Sie, was wollen Sie von mir?«

Der Mann lachte. Währenddessen kramte ich den Stadtplan hervor, zählte sechs Quadrate nach Nordosten ab – R2, stopfte die Karte wieder in die Manteltasche zurück und machte mich auf den Weg. Ich wünschte mir nichts sehnlicher, als einen Schluck Wasser. Nur eine kurze Pause!

»Ich wollte die Geisel damals nicht töten«, hörte ich seine heisere Stimme, »aber Sie, Sie mussten trotzdem auf mich schießen und mich zum Krüppel machen.« Klick, die Verbindung war tot.

Keine Ahnung, wovon der Mann sprach. Aber wie sollte ich auch vernünftig nachdenken können, rennend, mit einer Bombe um den Bauch und einer tickenden Uhr im Nacken. Für mich zählte jetzt nur die Tatsache, dass ich so schnell wie möglich von einem Feld zum anderen zog. Aus einer Tiefgarage schoss ein schwarzer Wagen auf den Fußweg, riss mich aus meinen Gedanken. Ich konnte ihm nicht mehr ausweichen, rollte über die Kühlerhaube und stürzte schmerzhaft auf den harten Asphalt. Ich rechnete damit, dass die Bombe jeden Moment explodieren, und mich in tausend Einzelteilen an die Häuserfassade schleudern würde. Aber ich hatte Glück, denn außer, dass die Sprengsätze sich in meinen Körper bohrten und ich vor Schmerz aufschrie, geschah nichts. Hatte der Fahrer keine Augen im Kopf? Verdammter Mistkerl. Ich beschimpfte ihn und hastete weiter. Meine Schulter schmerzte vom Sturz und weckte die Erinnerung an damals:

Es war ein Banküberfall mit Geiselnahme in der Innenstadt. Ich führte die Einsatzleitung und verhandelte mit dem Täter. Er floh zu Fuß mit seiner Geisel in die Innenstadt und tauchte in der Menschenmenge unter. Die Situation eskalierte zu einer Hetzjagd, quer durch Mannheim, die damit endete, dass unser Einsatzkommando den Mann einkreiste und ihn in die Enge trieb. Seine stechenden, wasserblauen Augen, mit denen er mich durchbohrte, als er der Geisel die Waffe an die Schläfe drückte, verfolgten mich nächtelang in meinen Träumen. Die Frau schrie hysterisch, und ich versuchte mit Engelszungen den Mann zur Aufgabe zu überreden. Für einen kurzen Moment verschlangen sich unsere Blicke ineinander und ich spürte seinen Hass, seine Entschlossenheit. Dann, es dauerte nur einen Wimpernschlag, legte er plötzlich die Waffe an seine eigene Schläfe. Ehe er abdrücken konnte, schoss ich in seine Schulter und besiegelte das Schicksal von Albert König. Er wurde damals verhaftet, und ich wegen meines entschlossenen Vorgehens von der Presse gefeiert. Ich war nicht sonderlich stolz auf mich, es wäre mir lieber gewesen, ich hätte ihn ohne Blutvergießen festnehmen können.

Das war damals. Heute war er am Zug. Meine Zeit wurde knapp. Nur noch eine Minute. Ich spurtete die letzten Meter zum Quadrat R2 und fühlte mich hundeelend. Gerade als ich mich zwischen den hupenden Autos hindurch über die Straße schlängelte, kam der nächste Kontrollanruf.

»Wo sind Sie?«

»König, verdammt nochmal, was wollen Sie von mir?«

»Bravo, Frau Kommissarin, Sie haben mich nicht vergessen«, sagte er sarkastisch. »Wo sind Sie?«

Ich sah mich um.

»Ich stehe vor der Citykirche Konkordien.«

»Gut. Der letzte Zug! Ziehen Sie das Pferd im Rösselsprung nach Südwesten. Drei Minuten.« Klick, aufgelegt.

Ich zückte den Stadtplan, suchte mein letztes Ziel und schnaubte. Ich sollte an meinen Ausgangspunkt zurückkehren – Fußgängerzone, Ecke Planken und Breite Straße.

Meine Gedanken kreisten wie Zahnräder. Ich überlegte, wie ich Königs Plan, mich samt Bombe in die Luft zu jagen, vereiteln konnte. Da fiel mir plötzlich der Mann mit der Baseballkappe ein, der neben den beiden Asiatinnen auf dem Brunnenrand gesessen hatte. Das war König gewesen. Unsere Blicke hatten sich zuvor für den Bruchteil einer Sekunde getroffen, aber ich hatte nicht auf ihn geachtet, weil ich viel zu nervös gewesen war. Wie dumm von mir. Wenn ich wenigstens meine Waffe dabei hätte, doch die lag im Polizeirevier.

»Mist!«, fluchte ich, trat zornig gegen einen Ascher und betrachtete die Zigarettenkippen, die im Sand steckten. Plötzlich hatte ich eine Idee und flitzte los, als ob es um mein Leben ginge. Verdammt, es ging um mein Leben und um das vieler unschuldiger Passanten, die mit mir in die Luft fliegen würden. Mein Telefon plärrte aus der Manteltasche.

»Warum haben Sie mich damals nicht einfach erschossen?«

Gut, dachte ich, er wollte reden. Das verschaffte mir ein wenig Zeit. Ich rannte weiter, bis meine Lungenflügel brannten.

»Lieber wäre ich gestorben, als auch nur einen Tag lang im Knast zu sitzen. Aber statt mich zu töten, mussten Sie mich zum Krüppel schießen. Mein Arm ist seitdem wertlos, lebloser Ballast, der an meiner Schulter baumelt. Können Sie sich vorstellen, wie sich das anfühlt? Jede verdammte Nacht lag ich wach auf meiner Pritsche und das Schnarchen meines Zellennachbarn sägte an meinen

Nerven. Da schwor ich mir, dass ich Sie dafür zahlen lassen würde.«

In der Zwischenzeit hatte ich mein Ziel beinahe erreicht, war nur noch wenige Schritte vom Brunnen entfernt.

»Springer, ich werde Sie töten«, drohte König. »Wo sind Sie?« Statt zu antworten, unterbrach ich die Telefonverbindung. Ich konnte ihn sehen, ganz nah, wie er sich nervös hin und her drehte, in der Fußgängerzone nach mir Ausschau hielt. Sein rechter Arm pendelte bei jeder Bewegung wie der einer Gummipuppe hin und her.

»Worauf warten Sie?«, fragte ich ruhig. In einem Bogen hatte ich mich von hinten an ihn herangeschlichen. Er wirbelte herum.

»Wenn Sie die Bombe zünden wollen, bitte, dann fliegen wir eben beide in die Luft.« Meine Knie schlotterten und ich betete inständig, dass mein Plan aufgehen möge.

»Bleiben Sie stehen!«, er erhob den linken Arm und ließ seinen Daumen drohend über dem Auslöser des Fernzünders schweben. Das war die einzige Schwachstelle meines Planes. Ich hatte gehofft, dass ihm sein Leben mehr wert war, als er vorgab, und dass er die Bombe nicht zünden würde.

»Patt!«, sagte er. Wie Schachfiguren warteten wir darauf von unseren Spielern weitergezogen zu werden. Das Wasser des Brunnens plätscherte, und ich sehnte mich einen Augenblick lang nach einer warmen Dusche. Die Geräusche der Stadt verschwammen. Mein Mund war trocken, schmeckte bitter. Unsere Blicke verschlangen sich ineinander, so wie damals und ich spürte wieder seinen Hass, seine Entschlossenheit. Ich zweifele keinen Moment daran, dass er die Bombe hochgehen lassen würde. Ich musste einfach schneller sein als er. Ich hatte nur diesen einen Versuch.

In meiner rechten Faust verbarg ich eine Hand voll Sand aus dem Ascher in der Fußgängerzone. Ich zielte und schleuderte ihn in Königs Gesicht. Er musste die Attacke mit links abwehren. Dabei schützte er seine Augen mit der flachen Hand und der Auslöser fiel in den Brunnen. Ich nutzte den Moment seiner Unachtsamkeit, rammte ihn wie ein Rugbyspieler mit meinem gesamten Körpergewicht und war zum ersten Mal froh über meine überflüssigen Pfunde. Er taumelte, fiel rücklings zu Boden, und ich landete bäuchlings auf ihm. Passanten blieben stehen, tuschelten miteinander und starrten uns verwundert an. Das war mir egal, ich hatte nur Augen für den Fernzünder, der blubbernd im Wasser versank.

Das Königsspiel war zu Ende und der König schachmatt.

## *Brief an Hannah*

Hannah,
es fällt mir nicht leicht, dir diesen Brief zu schreiben. Wenn du diese Zeilen liest, wird nichts mehr in deinem Leben so sein, wie es einmal war. Alles steht Kopf, Trauer und Erleichterung werden gleichermaßen in deinem Herzen Einzug halten und du wirst weinen, dich schuldig fühlen, dich fragen, was du falsch gemacht hast, wie du alles hättest verhindern können und dich fragen, was aus dir werden soll.

Dann kannst du dir in etwa vorstellen, wie ich mich vor einigen Wochen fühlte, als ich zufällig von Herberts Gefühlen zu dir erfuhr. Mein eigener Mann hatte sich gegen mich und für eine jüngere Frau entschieden und meine bis dahin glückliche Welt brach zusammen. Alles, woran ich je geglaubt hatte, war wie eine Seifenblase geplatzt. Der Boden unter meinen Füßen schwankte, und ich verlor den Halt.

Ich werde jenen Sonntagmorgen in unserer Küche nie vergessen. Es war der Tag, an dem ich die Wahrheit erfuhr. Herbert und ich saßen beim Frühstück. Ich schenkte Kaffee ein, und er versteckte sich hinter der Tageszeitung. Nach fünfzehn Jahren Ehe hatte ich mich inzwischen daran gewöhnt und ärgerte mich nicht weiter darüber. Ich biss in mein Croissant und blinzelte der Frühlingssonne entgegen, die durch die Fensterscheibe und das goldene Honigglas auf den Tisch schien. Plötzlich bemerkte ich, dass Herbert zitterte und das Zeitungspapier wie Herbstlaub raschelte. Ich legte meine Hand auf seinen behaarten Unterarm und fragte, was mit ihm sei. Er reagierte nicht, verbarg sein Gesicht hinter der Lektüre, die mit einem

Mal noch heftiger vibrierte. Ich spürte das Unheil wie Bodennebel auf mich zu kriechen und Gänsehaut jagte an meinen Beinen empor.

Herbert ließ die Zeitung langsam auf den Tisch sinken, legte sie einfach auf sein Marmeladenbrötchen und sah nicht, dass sich die Konfitüre durch das Papier drückte. Ich sprang in die Höhe, wollte nach der Zeitung greifen, aber als ich Stück für Stück sein Gesicht zu sehen bekam, sank ich auf meinen Stuhl zurück. Seinen Anblick werde ich niemals vergessen.

Tränen liefen aus seinen rot aufgequollenen Augen. Er starrte mich an und zuckte nicht einmal mit der Wimper. Sein Gesicht war vollkommen ausdruckslos. Ich erschauderte, brachte keinen Ton über die Lippen, saß einfach nur da und starrte Herbert an. Wahrscheinlich vergingen nur Sekunden, aber mir kam es wie eine Ewigkeit vor, ehe ich in der Lage war ihn zu fragen, was los sei, ob ihm nicht gut sei, ob er Schmerzen habe.

Ich verfluchte Närrin, hätte ich damals doch nur geahnt, was er hinter meinem Rücken trieb. Ich hätte ihn auf der Stelle mit dem Brotmesser erstochen. Stattdessen bohrte und fragte ich, war krank vor Sorge um ihn, aber er saß nur da, weinte und schwieg. Plötzlich bebte er am ganzen Leib. Ich war ratlos. In meiner Angst packte ich ihn an den Schultern und schüttelte ihn wie, eine Gummipuppe, bis er mir endlich eure Geschichte erzählte.

Sein Geständnis riss mir den Boden unter den Füßen fort. Ich musste mich setzten und erfuhr all seine schmutzigen Geheimnisse. Er gestand mir seine Liebe zu dir. Ich wollte es zunächst nicht glauben, wollte einfach so tun, als ob ich nichts gehört hätte. Ich schnitt mein Croissant auseinander, bestrich es mit Marmelade und biss hinein. Ich bildete mir ein, wenn ich zur Tagesordnung zurückkehrte, würde alles wieder so sein, wie es vor wenigen

Augenblicken noch war. Vielleicht hätte ich mich damit täuschen können, aber die Worte sprudelten immer weiter aus Herbert hervor. Er erzählte mir davon, wie ihr euch heimlich getroffen habt, wie er dich liebkoste, deinen Duft einsog und dich berührte. Deine anfängliche Gegenwehr versetzte ihn in eine Ekstase, die er auf diese Weise nie mit mir empfunden hatte. Musste dieser miese Schuft mir das erzählen?

Er liebte dich, wollte dich immer öfter spüren, schmutzige Dinge mit dir treiben, die er mit mir nicht zu tun gewagt hatte. Er wollte deinen zarten Körper berühren, wollte täglich seine Lust befriedigen und seine Fantasien ausleben, von denen er wusste, dass ich sie niemals geteilt hätte. Er nutzte jede Gelegenheit, um dich zu verführen. Er sagte sogar, dass es ihn erregt habe, wenn er es mit dir trieb, während ich im Haus war und ich dusselige Kuh hatte nicht mitbekommen, was hinter meinem Rücken vor sich ging.

Mein eigener Mann, mit dem ich einst auf rosaroten Wolken der Sonne entgegen geschwebt war, mit dem ich mir ein Leben und eine Existenz aufgebaut hatte, liebte eine andere, eine jüngere Frau. Doch das Schlimmste an dieser entsetzlichen Geschichte war, dass er es bereits seit mehreren Jahren mit dir trieb - und ich keine Ahnung hatte ...!

Er saß am Küchentisch und glaubte, dass seine Beichte ihm das schlechte Gewissen nehmen konnte. Erwartete er Absolution von mir? Ich starrte ihn an, legte das Croissant aus der Hand und spürte plötzlich, wie sich mein Magen verkrampfte. Ich schaffte es gerade noch zur Terrassentür hinaus in den Garten. Dort kotzte ich mir die Seele aus dem Leib. Stieß wüste Beschimpfungen hervor und tobte. Danach fühlte ich mich ausgelaugt und leer. Ich brach in meinem weißen Nachthemd auf dem geschnittenen Rasen zusammen und trommelte mit beiden Fäusten auf den Boden. Ich schluchzte und kroch auf den Knien zum Apfelbaum, setzte mich auf, lehnte den Rücken gegen den Stamm und weinte, bis keine Träne mehr vorhanden war, sondern nur noch Zorn und blanker Hass auf Herbert.

Ich weiß nicht, wie lange ich dort saß, aber als ich aufstand, hatte er den Frühstückstisch verlassen und war mit dem Wagen fortgefahren. Mein eigener Mann! Er liebte dich, trieb Dinge mit dir, die ich nicht auszusprechen wagte, und belog mich nach Strich und Faden. Es war die Hölle, der reinste Albtraum. Ich schwebte neben meinem Körper und hatte das Gefühl, dass nichts mehr stimmte, alles schien um einige Zentimeter verschoben zu sein, aus den Fugen geraten. Ich hoffte, dass ich jeden Moment aus diesem unseligen Traum erwachen würde, aber es war kein Traum, sondern die gallenbittere Wahrheit, die wie Säure in meinem Kopf brodelte.

Ich rannte ins Schlafzimmer und packte meinen Koffer, wollte einfach davonlaufen, bevor Herbert wieder nach Hause kam und mich mit seinen dreckigen Fingern berühren konnte. Ich wollte alles vergessen und so tun, als ob es nichts mit mir zu tun hätte. Doch dann würde dieser Mistkerl dich noch öfter verführen und hätte freie Bahn für seine Spielchen. Nein! Ich musste kämpfen.

Glaub mir, ich beobachtete ihn tagelang und ließ ihm keine Chance dich zu treffen. Er bemerkte meine Bemühungen und unternahm keinen weiteren Versuch mit dir Kontakt aufzunehmen. Ich fragte mich, wie lange ich ihn kontrollieren konnte. Bei der nächsten Gelegenheit würde seine Lust ihn wieder zu dir treiben, er würde die Finger nicht von dir lassen können, weil er dich liebte und dich besitzen wollte.

Du kannst dir vorstellen, dass mich meine Wut und Machtlosigkeit zum Wahnsinn trieben. Was hätte ich tun sollen? Einfach zuschauen und mich dem Unvermeidlichen fügen? Das wäre vielleicht bequemer gewesen, aber meine Gefühle und Ängste hätten mich aufgefressen.

Ich bin seine Frau, mich hatte er zu lieben versprochen und sonst keine. Ich überlegte, was ich tun sollte und beschloss Herbert zu bestrafen. Ich legte mir einen Plan zurecht, den ich bis zum bitteren Ende durchführen wollte, obwohl ich wusste, dass es mir schwer fallen und das Herz zerreißen würde, aber ich musste es tun. Er ließ mir keine Wahl. Zuvor wollte ich ihm allerdings noch eine zweite Chance einräumen, eine Galgenfrist gewähren.

Ich habe eine kleine Almhütte in den Bergen reserviert, mit Brunnen vor dem Haus und Plumpsklo hinter der Hütte. Kein fließendes Wasser und keine Elektrizität. Genau das Richtige, um wieder zu sich zu finden, dachte ich mir und überredete Herbert, dass wir der Zivilisation für eine Woche den Rücken kehren und unser Problem aus der Welt schaffen sollten. Außer uns beiden gibt es nichts als reine und unberührte Natur hier oben. Die Farben leuchten viel intensiver und die Luft ist so wunderbar frisch. Wolken ziehen über unsere Köpfe hinweg, und um unsere Holzhütte schleichen träge Kühe mit dicken Glocken um den Hals. Ich dachte, dies wäre der ideale Platz, um zu reden, und ich war fest davon überzeugt, dass wir unsere Krise irgendwie meistern würden. Ich wünschte es mir so sehr.

Zum Glück gab es in der Hütte nur zwei Etagenbetten und wir konnten uns die Peinlichkeit, gemeinsam in einem Bett schlafen zu müssen, sparen. Seit seinem Geständnis war zwischen uns eine breite Kluft entstanden und ich glaubte, dass wir eine Weile brauchen würden, bis wir eine neue Brücke darüber spannen konnten; falls es uns denn jemals gelingen sollte.

Wir saßen beinahe den ganzen Tag auf der knorrigen

Holzbank vor der Hütte und ließen die Sonnenstrahlen auf unseren Nasen tanzen und sprachen nur über das eine Thema – über dich. Ich wünschte mir, dass alles wieder wie früher sein sollte. Ich redete auf Herbert ein und hörte ihm voller Ekel zu. Ich konnte ihn nicht verstehen und noch weniger konnte ich ihm verzeihen.

Wir sind jetzt seit fünf Tagen auf dieser Alm und kommen keinen Schritt weiter. Er wird dich niemals aufgeben, Hannah, wird immer wieder zu dir zurückkehren und dich berühren wollen. Er sagte mir, dass ... es bricht mir das Herz, dies niederzuschreiben, er sagte mir, dass er sich bei dir zum ersten Mal selbst gespürt habe. Diese verbotene Lust so mächtig und einzigartig sei und dass er dich immer lieben und begehren würde.

Für mich war das ein Dolchstoß mitten ins Herz. Mein Entschluss stand in diesem Moment endgültig fest. Er hatte seine Chance gehabt und sie vertan.

Heute Mittag gehe ich ins Tal, werde einkaufen und diesen Brief an dich in den Postkasten werfen. Danach kehre ich auf die Alm zurück und bereite für uns ein üppiges Mahl zu, das wir abends im Kerzenschein vor der Hütte einnehmen werden. Ich werde Herbert vorgaukeln, dass ich ihm vergebe und vorschlagen, dass wir einen Neuanfang wagen sollten und danach werden wir einen Spaziergang machen, einen Trampelpfad entlangschlendern, der zu einem wunderbaren Wasserfall führt. Wir waren vorgestern bereits dort. Wasserspritzer funkelten in der Sonne und zauberten einen Regenbogen über die tosende Schlucht. Das Wasser donnerte über die ausgewaschenen Felsen in die Tiefe. Einen Sturz werden wir beide nicht überleben.

Niemand wird erfahren, was vor sich gegangen ist. Die Bergwacht wird nach uns suchen, unsere leblosen Körper bergen und von einem tragischen Unfall ausgehen. Man wird dich informieren, aber ich hoffe, dass du diesen Brief bereits vorher erhalten hast.

Hannah, mein Kind, vergib mir, dass ich dich nicht vor den schmutzigen Händen deines Vaters beschützen konnte! Vergib mir, dass ich blind war und dein unendliches Leid nicht erkannt habe! Und vergib mir, dass ich mit ihm gehe. Wie hätte ich dir jemals wieder in deine unschuldigen Kinderaugen schauen können? Wie sollte ich mit dieser Schuld, mit dem Gefühl, dich alleine gelassen zu haben, weiter leben können?

Tante Paula wird sich um dich kümmern, sie wird dir helfen, über deinen Schmerz hinwegzukommen, und sie wird dir in dieser schweren Zeit eine bessere Mutter sein, als ich es jemals gewesen bin.

Mein innig geliebtes Kind, bitte vergib mir, wenn du kannst, mir ... und deinem Vater.

Deine dich über alles liebende Mutter.

## *Die Lady und der Killer*

Der Ausgang zur Dachterrasse war nicht verriegelt. Seltsam, ich hatte noch nie vergessen abzusperren. Nachdenklich zog ich den Schlüssel aus dem Schloss und steckte ihn in die Tasche meines Leinenkleides zurück, drückte die Klinke nieder und öffnete die Tür. Die glutheiße Sommerluft schlug mir entgegen, raubte mir für einen kurzen Moment den Atem und ich befürchtete, dass mein 75-jähriger Kreislauf dieser Belastung nicht standhalten konnte. Normalerweise flüchtete ich erst später am Abend in meine kleine Oase auf dem Dach. Doch heute hielt ich diese mörderische Hitze in meiner Wohnung, die sogar Fliegen im Flug verdorren ließ, nicht länger aus. Ich floh mit einem kühlen »Ladykiller« Cocktail und einem Kriminalroman nach draußen.

Ab spätem Nachmittag warf das Nachbarhaus genügend Schatten auf meine kleine Zuflucht, die aus sechs wuchtigen Oleanderbüschen und zwei Zitronenbäumen bestand, einem Liegestuhl, einem Tischchen aus Teakholz und einer regenfesten Truhe. Die anderen Mieter kamen niemals hier hoch, es war ihnen zu karg und zu heiß. Sie zwängten sich lieber auf ihre kleinen Balkone, die wie vollgestopfte Fahrradkörbe an der Hauswand hingen.

Während die Sonne auf meiner Haut brannte, legte ich meinen Kopf in den Nacken, schloss die Augen und lauschte dem Lärm der hupenden Autos, die sich durch die Lebensadern der Stadt schoben. Ich griff nach meinem »Ladykiller« und nippte an dem Cocktail. Plötzlich fiel mir wieder die unverschlossene Tür ein, die ich gestern zweifelsohne abgesperrt hatte. Irgendetwas stimmte hier nicht. Meine Nackenhaare stellten sich auf und ich fragte mich, ob außer mir noch jemand hier oben war. Wenn, dann konnte diese Person nur auf der Rückseite des Treppenaufgangs sein, sonst hätte ich sie sehen müssen. Leise stellte ich mein Glas auf den Tisch, schlich an der Wand entlang und streckte meinen Kopf um die Ecke.

Tatsächlich! An der Brüstung des Daches kniete ein schwarz gekleideter Mann. Neben ihm lag ein Aluminiumkoffer. Er hielt ein Gewehr im Anschlag und zielte nach unten auf die Straße. Hastig zog ich meinen Kopf zurück und überlegte. Mein Pulsschlag näherte sich der Frequenz eines Presslufthammers. Der Mann war allein und trug nicht jenen beruhigenden Schriftzug »Polizei« auf seiner Jacke. Also kein Sondereinsatzkommando überlegte ich mir und spürte meine kriminalistische Neugier in mir aufsteigen. Während mein Verstand »Hau ab!« schrie, drängte mich irgendetwas immer weiter nach vorne. Ich kam mir vor wie eine Süchtige, die hinter einer Droge herlief, von der sie nicht lassen konnte und die doch genau wusste, dass sie damit in ihr Verderben rannte. Meine Füße gingen Schritt um Schritt auf den Fremden zu und ich blieb direkt hinter ihm stehen. Er bemerkte mich noch immer nicht, war vollkommen auf sein Vorhaben konzentriert. Noch hätte ich unbemerkt fortlaufen und die Polizei informieren können, aber die Faszination des Verbotenen berauschte mich, weckte alte Erinnerungen. Mit meiner Fußspitze tippte ich leicht gegen den Fuß des Mannes und fragte mich bereits im selben Moment, warum ich das tat.

Der Killer wirbelte herum, schnellte wie eine Sprungfeder empor und zog in der Bewegung ein Messer aus seinem Gürtel. Sein Körper war athletisch und seine Bewegungen zeugten von hartem Fitnesstraining. Super! Gut gemacht, Malwina!, dachte ich und hätte mich für meine Aktion ohrfeigen können. Wenn ich gleich die

Schwelle ins Jenseits überschreiten sollte, hatte ich wenigstens die Gewissheit, dass man mir einen Orden für außergewöhnliche Dummheit auf mein Grab legen würde. Die Hand des Mannes zitterte und plötzlich wusste ich, er würde mich nicht töten. Er konnte es nicht.

»Bist du das, Konstantin?« Ich war verblüfft, den Enkel meiner besten Freundin und vor einem Jahr verstorbenen Nachbarin vor mir zu sehen.

»Malwina«, stammelte er und starrte mich an.

»Was um alles in der Welt tust du hier?« Eine blöde Frage; er war im Begriff gewesen, einen Menschen zu töten. Ich konnte die Tränen kaum unterdrücken, wusste nicht, ob ich enttäuscht oder wütend sein sollte. Meine Gedanken überschlugen sich. Konstantin! Was war aus ihm geworden? Aus dem kleinen blassen Jungen, den wir, seine Großmutter und ich, damals aus dem Jugendheim geholt hatten, um ihm wenigstens den Hauch einer glücklichen Kindheit zu vermitteln, während seine Eltern sich dem Alkohol- und Drogenrausch verschrieben hatten. Ich sah ihn noch vor mir, wie er mit verkratzten Knien nach Hause kam, weil er vom Fahrrad gefallen war und wie er sich schämte, als wir seinen ersten Liebesbrief in der Wäsche gefunden hatten.

Konstantin steckte das Messer in sein Gürtelhalfter zurück. Mein Augenmerk fiel plötzlich auf etwas anderes. Dort, wo Konstantin noch vor wenigen Minuten auf dem Boden gekniet war, stand ein Präzisionsgewehr auf einer dreibeinigen Vorrichtung, die zum besseren Anvisieren seines Zieles diente. Ich ging auf die Waffe zu. Oder besser, die Waffe zog mich magisch an.

»Halt, Malwina, bleib stehen«, forderte Konstantin, doch er hätte genauso gut ein Nashorn kneifen können.

Wie ein Kameramann blendete ich alles um mich herum aus, fokussierte nur noch das schwarze Metall der

Waffe und spürte den unbändigen Drang sie zu berühren, nur einmal. Das Blut in meinen alten Adern brodelte, eine Gänsehaut zog sich über meine faltige Haut und ich fühlte mich wie damals auf unserem Hof. Ich ging auf die Waffe zu, kniete mich nieder und strich mit dem Finger über den Gewehrlauf. Dieses Gefühl, verboten und unendlich grausam, trieb mir die Tränen in die Augen. Es war eine Ewigkeit her, seit ich eine Waffe in der Hand gehalten hatte.

»Malwina, geh da weg. Mach keinen Unsinn.«

Ich beugte mich nach vorne, spähte durch das Zielfernrohr, umfasste instinktiv den Griff der Waffe und legte den rechten Zeigefinger an den Abzug.

»Mein Gott«, hauchte ich, »mit dem Fernrohr kann man ja sogar die Gesichtszüge der Menschen auf der Straße erkennen.« Großvaters Flinte hatte kein Fernrohr gehabt und auch keinen Schalldämpfer.

»Malwina, bitte ...«

»Wen wolltest du erschießen?« Konstantin schwieg.

»Wen?«, fragte ich erneut. Er wusste, wie stur ich sein konnte, und dass ich nicht eher Ruhe geben würde, bis er mir erzählte, was er hier oben auf dem Dach zu suchen hatte. Konstantin fluchte.

»Siehst du den Kerl dort unten im Straßencafé? Den mit dem Aktenkoffer neben sich und der Zigarre im Mund?« Konstantin kniete sich neben mich und deutete auf die Straße hinab. Ich folgte ihm mit dem Gewehrlauf, zielte auf den Mann und beobachtete ihn. Mit dem Fadenkreuz fuhr ich über seine Brust nach oben zu seinem Kopf. Er hatte ein freundliches Gesicht. Schweißflecken zeichneten sich auf dem Hemd unter seinen Achseln ab und plötzlich tauchten Bilder in schwarz-weiß vor meinen Augen auf.

Damals, als der Krieg zu Ende gegangen war, hatten

mein Cousin und ich oft in der Scheune zwischen den Heuballen gelegen und mit Opas alter Flinte gespielt. Wir waren noch Kinder gewesen und verkleideten uns als Soldaten, die ihr Vaterland retten mussten. Großvater wusste nicht, dass wir seine Flinte und die Munition gefunden hatten, bis ich eines Tages einen amerikanischen Soldaten aus meinem Versteck heraus erschoss. Opa vergrub den Toten samt Flinte und legte ein eisernes Schweigen über diese unselige Angelegenheit. Es sind doch noch Kinder, hatte Großmutter gejammert und geweint. Trotzdem! Niemand durfte ein Wort über diese Geschichte verlieren, das wäre viel zu gefährlich gewesen. Und niemand dachte an meine Ängste und Gefühle, die wurden ebenfalls totgeschwiegen und schließlich von den anderen vergessen.

Ich starrte auf den Mann im Straßencafé und fragte:

»Warum willst du ihn töten?«

»Er ist Staatsanwalt, wird morgen Beweise vor Gericht darlegen, die meinen Auftraggeber lebenslang hinter Gitter bringen.«

»Und du sollst das verhindern?«

»Das ist mein Job.«

»Deine Großmutter sagte, dass du als Naturschutzbeauftragter in einem Konzern arbeitest und für die Entsorgung von Sondermüll zuständig bist.«

»Was hätte ich ihr denn sonst erzählen sollen?«

Ich zielte noch immer mit dem Fadenkreuz auf das Gesicht des Staatsanwalts. Er wischte sich gerade mit einer Serviette den Schweiß von der Stirn. Mir lief ein Schauer über den Rücken. Genau wie damals spürte ich diese verbotene Macht, die ich über das Leben eines Menschen hatte. Ich brauchte nur den Finger zu krümmen, nur eine klitzekleine Bewegung, und hätte sein Schicksal besiegelt. Obwohl mein Verstand rebellierte, kribbelte jede Faser meines Körpers und ich spürte den Puls in den Schläfen pochen. Für einen Moment versank ich in eine andere Welt, spürte das kalte Metall des Gewehres. Die Farben vor meinen Augen wurden schwarz-weiß und ich sah plötzlich wieder diesen amerikanischen Soldaten auf unserem Hof. Ich musste mein Vaterland retten.

Die Fehlzündung eines am Café vorbeifahrenden Mopeds knallte wie eine Explosion. Ich erschrak, krümmte den Finger am Abzug und löste einen Gewehrschuss aus. Fast lautlos bahnte sich das Projektil seinen Weg durch die flirrende Sommerluft hinein in Fleisch, Knochen und Muskeln.

»Getroffen!«, entfuhr mir ein patriotischer Jubel, doch schon im nächsten Moment wurden die Bilder vor meinen Augen wieder farbig und ich begriff, was ich angerichtet hatte.

»Ach, du lieber Himmel, ich habe ihn getötet.«

Konstantin packte mich an den Schultern und warf sich mit mir auf den Betonboden.

»Deckung!«, schrie er. »Verdammt, Malwina, was hast du getan?«

»Wieso? Du wolltest ihn doch sowieso töten«, entgegnete ich beleidigt.

»So ein Mist!« Konstantin robbte auf dem Boden entlang bis zur Kante des Daches und warf einen Blick nach unten. Menschen rannten schreiend durch die Straße. Ein Tumult brach los, denn jeder suchte Deckung vor dem Schützen, der vielleicht noch ein zweites Mal schießen würde. Konstantin kroch zu seiner Waffe, zerlegte sie mit geschickten Handgriffen. Ich konnte den aufsteigenden Wirbelsturm in meinem Kopf kaum ertragen. Reue und Entsetzen schnürten mir die Kehle zu. Großvater, dachte ich und »Konstantin!«, rief ich, doch er kümmerte sich nicht um mich, sondern verstaute die Waffe in seinem

Koffer. Die ersten Polizeisirenen ertönten in der Ferne.

»Scheiße!«, fluchte er. Gebückt lief er aus dem Sichtfeld der Straße hinüber zum Treppenhaus.

»Malwina«, sagte er und drehte sich zu mir um, »mach dir keine Sorgen. Dich wird man nicht verdächtigen. Sag einfach, dass du nichts gesehen hast, dass du auf deinem Liegestuhl gesessen warst. Vergiss, dass ich hier war und kein Wort zur Polizei.«

Er öffnete die Tür, hielt kurz inne, warf mir eine Kusshand zu und verschwand wie ein böser Traum im Morgengrauen. Meine Beine drohten nachzugeben, mein Körper zitterte. Vorsichtig setzte ich Fuß vor Fuß, als ob ich über die dünne Eisschicht eines zugefrorenen Sees schritt. Ich ging zu meinem Liegestuhl, setzte mich und stürzte meinen inzwischen warm gewordenen »Ladykiller« Cocktail in einem Zug herunter. Mein Kopf wurde schwer. Ich ließ ihn nach hinten sinken und schloss die Augen. Immer wieder sah ich den Soldat in schwarz-weiß tot zusammenbrechen und langsam mischte sich jetzt ein neues, ein farbiges Bild hinzu.

Plötzlich stürmten ein Dutzend maskierte Polizisten mit ihren Waffen im Anschlag aus dem Treppenhaus und sicherten das Dach. Der Täter war längst verschwunden, aber ich konnte ihn den Beamten präzise beschreiben. Den Mann, der mich mit einer unendlichen Last im Stich gelassen hatte und die eigentliche Schuld an diesem Mord trug – mein Großvater.

## *Das letzte Kapitel*

Es war kurz vor Mitternacht, Carl stand in der Fußgängerzone und starrte durch sein müdes Spiegelbild hindurch in das beleuchtete Schaufenster einer Buchhandlung. Dreißig Bücher lagen auf einem drapierten Tuch aus rotem Satin verteilt, und von jedem Titelbild strahlte dem Betrachter das Gesicht eines uniformierten Schönlings entgegen, einschmeichelnd und aalglatt.

»Ist er nicht wunderbar geworden, dein elfter Bestseller?«, hörte Carl eine Stimme in seinem Kopf. Er schloss die Augen und stöhnte.

»Lass mich in Frieden.«

»Ist der Herr Schriftsteller heute etwa indisponiert?«, spottete die Stimme. »Es ist der brillanteste Band, den du je über mich geschrieben hast.«

Carl presste die Handflächen gegen seine Schläfen und schüttelte den Kopf, als ob er das Summen eines lästigen Insekts loswerden wollte.

»Sei still, ich kann dich nicht mehr ertragen.« Eine in Kaschmir gekleidete Dame stöckelte hinter Carl auf dem Kopfsteinpflaster vorbei und drehte sich erschrocken nach ihm um. Er zwang sich zu einem Lächeln und ließ die Hände sinken.

»Leopold ...«

»Graf Leopold, soviel Zeit muss sein«, maßregelte die Stimme.

»... ich werde dich vernichten.«

Carl wunderte sich, dass der Graf nicht wie gewöhnlich widersprach.

»Hast du gehört? Ich werde dich töten.«

»Nein, das wirst du nicht.«

»Schau mich an, ich bin nur noch ein Schatten meiner selbst. Seit über dreizehn Jahren sitze ich an meinem Schreibtisch, sauge mir ständig neue Geschichten für dich aus meinem Gehirn. Mein ganzes Denken dreht sich nur noch um dich und dabei verschwindet mein eigenes Leben wie ein Fußabdruck im Sand, den das Meer wegspült. Und sei ehrlich, meine Bücher sind nichts als lausige Schnulzen - Graf Leopold im Land der Tulpen oder Graf Leopold im Liebesrausch!«

»Worüber beschwerst du dich, werter Freund? Die Leute lieben uns.«

Carl seufzte und folgte ziellos der menschenleeren Fußgängerzone. Für einen kurzen Moment erblickte er sein Spiegelbild in einer reflektierenden Fensterscheibe. Er blieb stehen und betrachtete sich. Der Trenchcoat war schief geknöpft, dunkle Ringe umrahmten seine Augen, eine tiefe Falte durchfurchte seine Stirn und das Haar war vom Wind zerzaust. Das alles hätte ihn nicht so sehr getroffen, nur diese Ähnlichkeit mit Graf Leopold, die er zu erkennen glaubte, setzte ihm mächtig zu.

Die Kirchturmuhr schlug zwölf Mal.

»Zeit für einen Neuanfang«, überlegte er und schwieg.

»Was hast du vor?«, fragte Leopold, und Carl meinte einen ängstlichen Unterton herauszuhören.

»Ich bin ein Gefangener in einer Schneekugel, die nicht mit weißen Flocken, sondern mit zerknüllten Manuskriptseiten gefüllt ist. Das Leben zieht draußen an mir vorüber und vergisst mich. Alles, was mir bleibt, bist du, ein spleeniger Graf, der jede Frau ins Bett zerrt, die ich nicht haben kann und ein Verleger, der mir Daumenschrauben ansetzt, wenn meine Manuskripte nicht termingerecht eintreffen.«

Carl überquerte den Marktplatz. Ein Liebespärchen saß eng umschlungen in einem gläsernen Wartehäuschen.

Die Hände des Mannes glitten unter die Jacke der Frau. Seine Küsse wurden immer drängender.

»Herrlich, da könnte man ...«

»Leopold!«, schrie Carl. »Siehst du, das meine ich, genau das, du beherrschst meine Gedanken, du ...«

»Moment, mein Herr, wer beherrscht hier wen?«, unterbrach die Stimme. »Du bist derjenige, der mich von einer Buchseite zur nächsten treibt und mir lüsterne Gedanken vorschreibt.«

Carl kickte eine leere Bierdose über das Kopfsteinpflaster. Sie rollte in eine Pfütze und blieb liegen. Das Wasser spiegelte die Lichter der Stadt wider.

»Ich werde dich töten«, sagte er abermals.

»Dazu bist du zu feige.«

»Oh, nein, mein Lieber! Ich werde es tun, noch heute Nacht.«

Carl ballte seine Fäuste. Gerade als er überlegte, wie er sein Vorhaben in die Tat umsetzen könnte, sah er etwas Funkelndes am Fuße einer Platane liegen. Er ging hin, bückte sich und hob ein Springmesser auf.

»Das ist die Lösung!«, rief er, schaute sich wie ein Dieb um und ließ das Messer in seine Manteltasche gleiten. Seine Schritte wurden plötzlich leicht und beschwingt. Er musste sich von Leopold trennen und sein eigenes Leben zurückerobern. Bunte Feuerwerksraketen schossen durch Carls Gedanken. Er wollte nicht länger in Leopolds Schatten stehen, wollte selbst auf einem Kreuzfahrtschiff flanieren, in Afrika Leoparden jagen, den Eiffelturm erklimmen, und sich mit einer Frau leidenschaftlich durch seidene Laken wühlen.

»Siehst du, da sind sie schon wieder, deine erotischen Wunschträume! Man bemerke, es sind deine Fantasien, nicht meine«, triumphierte Graf Leopold.

Carl errötete bis zum Haaransatz. Er umklammerte

das Messer in seiner Tasche und sah das Ableben seines Protagonisten klar vor Augen. Er würde den Graf des Nachts durch die Straßen laufen lassen ... ein Mann versperrt ihm den Weg ... ein Messer blitzt auf ...

Carl musste schnell nach Hause an seinen Schreibtisch und das letzte Kapitel seines Romans schreiben. Er nahm eine Abkürzung und bog in eine Seitengasse ein. Das Licht der bunten Schaufenster blieb in der Fußgängerzone zurück, und je weiter Carl lief, desto dunkler wurde es um ihn herum.

»Dein Leben wird ohne mich ebenfalls dunkel sein«, versuchte Leopold seinen Kopf aus der Schlinge zu ziehen.

»Schweig!«

Carl lief immer schneller. Die Gewissheit, dass er erst dann frei sein konnte, sobald Leopold tot war, war so intensiv, dass Carl seinen Verfolger nicht bemerkte. Seine Gedanken kreisten allein um Graf Leopold - um dessen Tod. Mit jedem Schritt gesellte sich Wort zu Wort, ein Satz jagte den nächsten. Das letzte Kapitel war bereits zum Greifen nahe, als sich plötzlich eine Hand auf die Schulter des Schriftstellers legte. Carl versuchte sich aus dem Griff zu winden.

»Leopold, was soll das?«, schimpfte er.

»Das bin ich nicht«, machte Leopold den Schriftsteller auf seinen Irrtum aufmerksam. Carl drehte sich um und starrte in das Gesicht eines jungen Mannes, der mit dem Totenschädel auf seinem T-Shirt um die Wette grinste. Sein Kopf war kahl geschoren und in seiner Hand hielt er einen Baseballschläger, mit dem er rhythmisch auf seine Handfläche schlug.

»Ey Alter, lass deine Kohle rüberwachsen.« Seine Stimme klang heiser.

»Nun, Herr Schriftsteller«, höhnte Leopold, »sind wir

immer noch bereit zu töten?«

»Halt den Mund!«, fauchte Carl und erkannte seinen Fehler sofort. Der Fremde schnaubte, schwang den Baseballschläger mit Kraft durch die Luft und ließ ihn mit einem Zischen jäh an Carls Kopf vorbeisausen.

»Das sagst du nicht noch mal. Der nächste Schlag trifft. Her mit der Kohle.«

Carls Puls hämmerte, seine Hand umklammerte noch immer das Messer in der Tasche.

»Vergiss es«, stichelte Graf Leopold, »du bist nicht zum Töten geboren, du König aller Seifenopern.« Seine Worte trafen wie Dartpfeile.

»Wird's bald, du Weichei?«, drängte der Fremde. Ein Tropfen Öl ins offene Feuer.

»Schluss damit! Seid still, lasst mich in Ruhe!«, explodierte Carl. Er zog das Messer aus der Tasche, raste vor Wut und rammte die Klinge in die Brust des Mannes. Er ließ erst von ihm ab, als warmes Blut über seinen Handrücken lief und sein Opfer zu Boden sank. Carls Erleichterung dauerte nur wenige Sekundenschläge, bis ihm klar wurde, was er angerichtet hatte. Er hatte getötet, nicht auf dem Papier, sondern einen Menschen aus Fleisch und Blut.

Statt Leopolds Stimme hörte er nun die des Toten zu sich reden. Sie diktierte ihm das erste Kapitel eines neuen Romans:

»Der Gefangene hatte seine Chance gehabt und sie verspielt. Er kehrte zurück und verkroch sich in seinem Gefängnis, einer Schneekugel aus Glas, gefüllt mit zerknüllten Manuskriptseiten und sehnte sich nach seinem Freund Graf Leopold ...«

Amelie schlug die Augen auf. Finsternis umhüllte sie. Ihr Kopf pochte und die Gedanken entglitten ihr immer wieder. Sie schwebte in einer Art Dämmerschlaf und schloss die Lider, wollte weiterschlafen, den Schmerzen entrinnen, die ihren Körper quälten. Sie hatte keine Ahnung, wo sie sich befand und was mit ihr geschehen war. Die Luft roch stickig, nach Benzin und Erde. Ihr Körper lag wie ein Embryo zusammengerollt auf etwas Holprigem. Es fühlte sich an wie ein grobes Tau, das an manchen Stellen verschlungen war. Die Knoten gruben sich schmerzhaft in ihren Oberschenkel und ihren Arm.

Amelie wollte die Beine ausstrecken, weil sie in der angewinkelten Lage eingeschlafen waren und bitzelten. Sie stieß mit den Füßen gegen eine Wand. Ihre Arme waren an den Handgelenken mit einem Stück Draht oder einem Kabelbinder gefesselt, der in ihr Fleisch schnitt und sie bei jeder Bewegung mit einem beißenden Schmerz bestrafte.

Während Amelie mit der Bestandsaufnahme ihrer Situation beschäftigt war, kroch das Monster Übelkeit aus seinem Versteck und machte sich auf den Weg. Schweiß perlte auf ihrer Stirn. Speichel sammelte sich in ihrem Mund und wäre es nicht vollkommen finster um sie herum gewesen, hätte sie die aufsteigende Schwärze erkannt. Amelie atmete tief ein und aus, bis sich die Panik legte und ihr Verstand die Oberhand gewann. Jemand hatte sie gefesselt und eingesperrt!

So gut es ihr mit zusammengebundenen Händen möglich war, tastete Amelie ihr Gefängnis ab. Als sie unter ihrem Körper einen Kreuzschlüssel zu fassen bekam, wurde ihr klar, dass man sie in einem Kofferraum gefangen hielt. Fragen und aberwitzigen Fantasien bohrten sich in ihren Verstand.

»Ok, ganz langsam«, beruhigte sie sich, »an was kann ich mich erinnern?«

Amelie überlegte. Sie war wie jeden Abend nach der Arbeit mit dem Bus zum Stadtrand gefahren und von der Haltestelle bis nach Hause zu Fuß gelaufen. Wenige Meter von ihrer Wohnung entfernt, hatte sie ihren Haustürschlüssel aus der Handtasche gezogen. Gerade als sie das Gartentor öffnen wollte, wurde sie von hinten gepackt und jemand drückte ihr ein chloroformgetränktes Tuch auf das Gesicht. Dann wurde alles schwarz. Sie war entführt worden! Aber warum? Sie nagte auf der Unterlippe und grübelte.

Heute Morgen hatte sie einen kirschroten Lippenstift aufgetragen, ihre blonde Kurzhaarfrisur gestylt, einen grauen Hosenanzug angezogen und ihre Füße in hochhackige Designerpumps gezwängt. Für einen kurzen Moment vergaß Amelie ihre missliche Lage. Noch schlimmer als die Tatsache, dass man sie gegen ihren Willen festhielt, traf sie die Erkenntnis, dass ihr Hosenanzug nun mit Ölflecken und Falten verunstaltet sein musste und sie keine Schuhe mehr trug. Sie stieß ein wütendes Schnauben aus und wollte gerade laut aufschreien, als sie Stimmen hörte.

»Haste die Alte angerufen?«, sirrte eine Männerstimme, die Amelie an eine Fliege erinnerte.

»Hm«, brummte eine zweite Stimme, tief wie eine Hummel.

Stille.

»Und was soll'n wir jetzt machen?«, fragte die Fliege.

»Warten.«

»Ich hasse warten. Du ich sag dir, wenn die Alte nicht zahlt, dann mach ich sie platt.«

Amelie überlegte, welche ›Alte‹ für ihre Freilassung zahlen sollte. Außer ihrer Mutter fiel ihr keine Frau ein, die sie aus der Hand der Entführer hätte freikaufen wollen, aber ihre Mutter war vor drei Jahren gestorben. Das alles ergab keinen Sinn. Amelie lauschte noch einen Moment, doch die Männer schwiegen. Oder waren sie vielleicht fortgegangen? Hatten sie sie hier im Wagen liegen lassen, irgendwo in einer abgelegenen Gegend, wo niemand ihre Schreie hören konnte? Amelies Herz beschleunigte sich auf eine höhere Taktfrequenz. Und dann schrie sie aus Leibeskräften um Hilfe und zerrte an ihren Fesseln.

»Hey!«, donnerte die Hummel und schlug mit der Faust auf den Kofferraumdeckel.

»Ey, spinnst du? Das gibt doch ne Beule«, zischte die Fliege.

»Lassen Sie mich sofort hier raus!«, schrie Amelie.

Die Männer lachten.

»Verdammt noch mal, was wollen Sie von mir? Machen Sie sofort auf, sonst ...« Amelies Situation war denkbar ungünstig, um Drohungen auszustoßen, doch plötzlich hatte sie eine Idee und sagte nur drei Worte: »Ich muss mal.«

Wieder herrschte Stille.

»Weiber und ihre Konfirmandenblasen«, brummte die Hummel und öffnete den Kofferraumdeckel.

Draußen war es dämmrig geworden. Amelie erkannte zwei schwarz gekleidete Männer. Sie trugen Wollmützen mit einem Sehschlitz über ihre Köpfe gezogen. Ihre Silhouetten erinnerten Amelie an Arnold Schwarzenegger und Danny de Vito. Der eine groß und muskulös und der andere klein und untersetzt. Was ihn aber nicht minder gefährlich machte, denn er hielt eine Pistole auf Amelie gerichtet und sirrte mit seiner Fliegenstimme:

»Keine Verarsche! Wenn du Zicken machst, puste ich dir deinen süßen Hintern weg.«

»Warum zielen Sie dann auf meinen Kopf?«, fragte Amelie. Arnold, die Hummel, verkniff sich ein Lachen und leuchtete mit seiner Taschenlampe in ihr Gesicht. Er packte sie am Oberarm und zerrte sie auf die Füße. Amelie, vom Licht geblendet, stieß sich den Kopf am Wagen und stöhnte. Ihre eingeschlafenen Beine bitzelten, als ob sie mit Brausepulver gefüllt waren und sie hatte Mühe, nicht einzuknicken.

»Bitte binden Sie mich los«, bat Amelie und streckte ihre gefesselten Hände der Fliege entgegen.

»Schnauze«, war alles, was der kleine Mann dazu zu sagen hatte.

»Aber wie soll ich sonst ...«

»Das ist nicht mein Problem!«, sagte die Fliege und versetzte ihr einen Stoß in die Seite. Amelie taumelte, balancierte sich aus wie ein Stehaufmännchen und schaute sich unschlüssig um.

Das letzte Tageslicht trat den Rückzug an, kroch zwischen den Laubbäumen davon und wich den ersten Boten der Nacht. Der Wagen der Entführer stand am Wegrand, der zu einer Burgruine führte. Sie konnte das zerfallene Gebäude im Hintergrund nur noch schemenhaft ausmachen.

»Wassn?«, fragte Danny die Fliege. »Is' wohl doch nicht so dringend gewesen, he?« Arnold, der bisher nur schweigend neben dem Auto gestanden war, verschränkte seine Arme vor der Brust und kicherte wie ein Schulmädchen. Er starrte Amelie an.

»Ich kann nicht, wenn der da glotzt«, sagte sie und hatte keine Ahnung, was sie nun tun sollte. Mit gefesselten Händen und ohne Schuhe bei Dunkelheit durchs Gestrüpp zu fliehen, wäre Wahnsinn gewesen.

»Dann lass es!«, sagte Arnold, packte Amelie am Arm und zwang sie kurzerhand in den Kofferraum zurück. Der Deckel schloss sich über ihr.

»Aufmachen!« Amelie tobte, schlug um sich so gut es ging und trampelte wie ein trotziges Kind mit den Füßen gegen die Verkleidung. Der Wagen schaukelte.

»Hör auf mit dem Scheiß!«, schrie die Hummel und fuhr wieder mit der Faust auf den Kofferraumdeckel herab.

»Ich bekomme keine Luft«, jammerte Amelie.

»Dann halt die Schnauze!«, zischte die Fliege. »Ich bin froh, wenn wir die morgen Abend wieder los sind und unsere Kohle haben.«

Amelie überlegte. Die Lösegeldübergabe sollte also morgen Abend stattfinden. Aber wer sollte für sie zahlen, fragte sie sich und wusste noch immer keine Antwort darauf. Sie beschloss zu pokern und fragte: »Was, wenn sie kein Lösegeld für mich zahlen will? Was geschieht dann?«

»Lösegeld?« Die beiden Männer lachten.

»Was ist daran so witzig?« Amelie war verwirrt.

»Ey, du hast ja keine Ahnung«, brummte Arnie die Hummel und öffnete den Kofferraumdeckel wieder, »es geht hier nicht um Lösegeld für dich. Die Kohle kriegen wir sowieso.«

»Und was soll dann das ganze Theater?«

»Wir sollen dich bloß bis morgen Abend aus dem Weg schaffen.«

Es war dunkel geworden. Amelie lag noch immer im Kofferraum. Der sichelförmige Mond schob sich wie ein beleuchteter Fingernagel über die Baumwipfel empor. Arnie zog seine Mütze vom Kopf und zündeten sich eine Zigarette an. Danny die Fliege tat es ihm gleich. Amelie konnte ihre Gesichter in dem fahlen Licht nicht erkennen.

»Wer ist eure Auftraggeberin?«

»Weiß nicht, wir kennen die Frau nicht, sie nannte uns am Telefon nur ihren Vornamen.« Arnie zog an seiner Zigarette und leuchtete wie ein orangefarbenes Glühwürmchen durch die Nacht.

»Halt die Klappe!«, fauchte Danny seinen Komplizen an. »Das geht die Alte einen Dreck an.«

»Ist es Paula?«, fragte Amelie.

Die Männer schwiegen.

»Es ist Paula!«

Amelie begann zu lachen, prustete und schüttelte sich, bis der Wagen schaukelte. Tränen rannen über ihre Wangen und zogen die letzten Reste ihres Make-ups in kleinen Rinnsalen über ihr Gesicht. Da sich die junge Frau nach mehreren Minuten immer noch nicht fangen konnte, drückte Danny seine Pistole gegen ihre Schläfe.

»Schnauze oder ich drück ab.«

Amelie zwang sich zur Ruhe, doch immer wieder platzte ein Prusten hervor, das dem Niesen einer Katze ähnelte. Ein Kauz rief durch die Finsternis und die Glühwürmchen glimmten vor Arnies und Dannys Gesichtern. Stille.

»Ihr habt die Falsche entführt«, sagte Amelie plötzlich mit einer Mensch-seid-ihr-blöd-Stimme.

»Was?«, riefen die beiden Männer gleichzeitig.

»Ist das so schwer zu verstehen? Ihr habt die Falsche entführt.«

»Toller Trick«, fauchte Danny, »ha, ha, selten so gelacht.«

»Paula ist meine beste Freundin«, erklärte Amelie, »und sie fährt morgen zu einem Casting in die Stadt.«

Arnie beugte sich zu seinem Kumpel und flüsterte ihm ins Ohr: »Ey, meinst du die hat recht?«

Danny drückte die Pistole fester gegen Amelies Kopf

und fragte: »Und was soll das mit der Entführung zu tun haben?«

»Nun, Paula hat sich bei einer Castingagentur für eine Fernsehrolle beworben. Es soll eine Art James Bond hier in der Stadt gedreht werden.«

Für Arnie gab es kein Halten mehr. Er prustete vor Lachen und schlug sich mit den Händen auf seine Oberschenkel.

»James Bond, ich schmeiß mich weg!«, schrie er und krümmte sich wie ein Wurm nach allen Seiten.

»Sei still!«, befahl Danny und stieß seinem Freund in die Seite.

Amelie fuhr beleidigt fort: »Die Filmleute suchen eine weibliche Besetzung für eine tragende Nebenrolle in diesem Agentenfilm. Wegen des authentischen Dialektes soll unbedingt eine Einheimische diesen Part übernehmen. Deswegen wurden auch Frauen aus allen Stadtteilen aufgerufen, sich bei diesem Casting zu bewerben. Paula und meine Nachbarin haben es bis ins Finale geschafft und morgen soll endlich die große Entscheidung fallen, wer von ihnen beiden die Rolle bekommt.«

»Verstehe«, sagte Danny die Fliege, »deine Freundin wollte die Konkurrenz aus dem Verkehr ziehen, damit sie morgen das Rennen macht.«

»Genau.«

»Gar nicht dumm, die Alte.« Arnie gluckste noch immer.

»Bloß blöd für euch«, fuhr Amelie fort, »dass ihr vor dem falschen Haus gewartet habt. Somit ist euer Auftrag geplatzt und ihr werdet von Paula keinen Cent zu Gesicht bekommen.«

Arnie gefror das Lachen und Danny spuckte zu Boden.

»Hey, kein Grund zur Panik Jungs, immerhin will ich auch, dass meine Freundin das Casting gewinnt. Ich könnte euch helfen, euer Malheur zu korrigieren. Aber erst bindet ihr mich los und lasst mich hier raus.«

Danny zog ein Taschenmesser aus dem Hosenbund und schnitt den Kabelbinder um ihre Handgelenke durch. Amelie stöhnte auf und rieb sich die wundgescheuerten Stellen. Ungelenk wie eine Marionette kletterte sie aus dem Kofferraum und rekelte sich. Sie zog die Jacke ihres Hosenanzugs zurecht und fuhr mit den Fingern durch die Haare. Dann suchte sie im Kofferraum nach ihrer Handtasche, ihren Schuhen und zog diese an.

»Lasst uns keine Zeit verlieren, ich habe schon eine Idee, wie ihr an meine Nachbarin kommt«, sagte Amelie und stieg in den Wagen. Arnie schloss den Kofferraumdeckel und folgte ihr. Danny die Fliege setzte sich hinters Steuer.

»Wir fahren mit dem Wagen bis zu meinem Haus und ich locke Frau Dorsberg aus ihrer Wohnung. Den Rest müsst ihr erledigen.«

»Ok, klingt gut«, sagte Arnie. Danny ließ den Motor an.

»Ach, und noch etwas, Frau Dorsberg ist ein durchtriebenes Miststück, lasst euch nicht von ihr übers Ohr hauen, Paula wäre stinksauer, wenn das nicht klappt.«

In Dannys BMW roch es nach kaltem Zigarettenrauch. Auf der Rückbank lag ein Pappkarton mit einer angebissenen Pizza. Amelie schob ihn angeekelt zur Seite. Ein Fettfleck auf ihrer Hose wäre der Supergau.

Danny parkte den Wagen vor Amelies Haus und löschte die Scheinwerfer.

»Ok«, Amelie übernahm das Kommando und erklärte ihren Plan. »Ihr versteckt euch im Gebüsch neben Frau Dorsbergs Gartentür und wartet. Ich werde sie anrufen und aus dem Haus locken. Sobald sie bei euch angekommen ist, stürmt ihr aus eurem Versteck und drückt ihr das chloroformgetränkte Tuch aufs Gesicht.«

Arnie schaute zu seinem Komplizen und nickte. Danny räusperte sich und sagte: »Guter Plan. Und ... ähm ... 'tschuldigung wegen der Verwechslung.«

»Kein Problem, ich will doch schließlich auch, dass Paula das Casting gewinnt.«

»Trotzdem«, stammelte Danny, »könnten Sie vielleicht ... na ja, würden Sie Paula bitte nichts von unserem Fehler erzählen. Wir brauchen die Kohle.«

Amelie grinste.

»Geht klar. Ehrensache.«

Die beiden Männer zogen ihre Wollmützen über. Arnie holte einen neuen Kabelbinder aus dem Handschuhfach und Danny träufelte Chloroform auf das Tuch. Dann warfen sie einen kurzen Blick nach allen Seiten, um sicherzugehen, dass niemand auf der Straße war, und stiegen aus. Sie versteckten sich wie besprochen im Gebüsch und wurden von der Finsternis verschlungen.

Amelie verließ den Wagen und hastete in ihren Vorgarten. Um nicht entdeckt zu werden, kauerte sie sich hinter die Ligusterhecke, die ihr Grundstück von dem der Dorsbergs trennte. Dieses Schauspiel wollte sie sich auf keinen Fall entgehen lassen. Frau Dorsberg, eine miese Intrigantin, bekam nun ihre erste Hauptrolle. Schade nur, dass keine Kamera lief, dachte Amelie. Sie kramte ihr Handy aus der Handtasche und tippte die Nummer ihrer Nachbarin ein. Vorsichtshalber unterdrückte sie ihre Telefonnummer.

»Dorsberg.«

»Hallo Frau Dorsberg«, sagte Amelie mit verstellter Stimme und nannte keinen Namen. »Entschuldigung, der blaue Fiat vor Ihrem Haus, ist das Ihr Wagen?«

»Wer will das wissen?«

»Ähm, ich fürchte mir ist da ein Malheur passiert. Ich habe beim Vorbeifahren ihren Spiegel ...«

»Moment, ich komme.«

Die Verbindung wurde unterbrochen. Amelie ließ ihr Handy zuschnappen und steckte es in die Tasche zurück. Im selben Moment öffnete sich die Haustür ihrer Nachbarin. Licht fiel aus der Wohnung auf den dunklen Gartenweg. Frau Dorsbergs Silhouette erschien in der Tür. Der Wind wehte ihre Strickjacke auseinander und sie sah aus wie ein Vogel, der seine Flügel zum Flug ausbreitete. Sie hastete in rosafarbenen Plüschschuhen die zwei Stufen vor ihrer Haustür hinab und tippelte über den gepflasterten Weg, vorbei an den Rosenranken und Gartenzwergen, hinaus auf die Straße. Ehe sie sich nach der geheimnisvollen Anruferin umschauen konnte, schossen Danny und Arnie aus ihrem Versteck hervor. Danny presste ihr das Tuch vors Gesicht und Arnie, der stärkere von beiden, packte sie und fesselte ihre Hände mit dem Kabelbinder. Frau Dorsbergs Beine knickten ein. Arnie die Hummel fing sie auf, ehe sie auf den Asphalt schlug, und trug sie zum Kofferraum. Amelie grinste. Es sah beinahe so aus, als ob er, der Bräutigam seine Braut über die Schwelle trug. Nur das Hochzeitskleid fehlte.

Amelie beobachtete die Entführung ihrer Nachbarin. Arnie und Danny winkten ihr ein letztes Mal kurz zu und sprangen in den Wagen und jagten davon. Amelie blieb noch einen kurzen Moment stehen und beobachtete die roten Bremslichter, zwei diabolische Augen, die ihr aus der Dunkelheit zuzwinkerten. Dann hob sie die Hand und winkte ihnen hinterher.

»Mach's gut Paula und entschuldige die kleine Notlüge. Aber für diese Filmrolle hätte ich alles getan - genau wie du.«

Ja, ja, ich will diesen Mann, der da neben mir steht und mir wie eine Zitrone das Wasser in meinem Mund zusammen laufen lässt. Dessen Lächeln mit der Sonne um die Wette strahlt, und der mich im Auto, in der Küche oder wie neulich in der Bettenabteilung eines Möbelhauses liebt und verführt.

Der Pfarrer spricht von Treue und Pflichten und ich überlege mir, ob ich mir den Text unserer Trauung merken sollte. Vielleicht fragen mich unsere Kinder eines Tages danach. Mario will schließlich viele Bambini, und dann müsste ich ihnen gestehen, dass ich nicht zugehört habe, weil ich ... wie soll ich es ausdrücken, mir stattdessen heiße Liebesnächte in unserem neuen Wasserbett ausgemalt habe.

Mario lächelt mich an und drückt meine Hand. Mir wird heiß, denn ich habe keine Ahnung, an welcher Stelle der Trauungszeremonie wir uns gerade befinden und lächle verlegen.

»... so antworte bitte, ja ich will«, höre ich die Worte des Pfarrers und bin erleichtert, dass ich dem Geschehen wieder folgen kann.

»Ja, ich will«, rufe ich laut und bemerke im selben Moment mein Missgeschick, denn die Frage war an Mario gerichtet und nicht an mich. Ein Flüstern und Kichern geht durch die Reihen der Kirchenbesucher und meine Gesichtsfarbe wechselt in ein tiefes Weinrot, das wunderbar zu meinem champagnerfarbenen Spitzenkleid passt. Der Pfarrer wirft mir einen strengen Blick über seinen Brillenrand hinweg zu und setzt die Zeremonie mit einem Räuspern fort. Dann endlich tauschen Mario und ich die

Ringe und dürfen uns küssen.

Wenn es nach mir gegangen wäre, dann hätten wir auf einer einsamen Insel unter Palmwedeln, mit Blumenketten um den Hals geheiratet, Cocktails aus Kokosnussschalen geschlürft und eine wilde Hochzeitsnacht im warmen Sand am Strand verbracht. Aber dieser Traum wurde von Mario sofort wie eine lästige Fliege mit einer Klatsche erschlagen, denn mein Geliebter ist schließlich Italiener und will mit seiner gesamten *famiglia* feiern, et basta! Immerhin hatte er als Ersatz das Wasserbett für unsere Hochzeitsnacht gekauft.

Lorenzo Rovelli, Marios Vater, ein sehr wohlhabender Autohändler einer italienischen Nobelmarke, hat unsere Hochzeit organisiert und finanziert. Gegen Letzteres habe ich keinerlei Einwände, aber auf meine Frage hin, ob denn hundertzwanzig Gäste, von denen nur vierzehn zu meiner eigenen Familie gehören, nicht ein wenig übertrieben sei, antwortete er, dass man schließlich nur einmal in seinem Leben heirate. Sein Gesichtsausdruck war eisig, als es das sagte, und ich erschauderte. Eine außereheliche Affäre sollte ich mir wohl besser zweimal überlegen.

Das Fest ist wunderschön, bunt und laut wie der Karneval in Venedig. Es wird getanzt, gelacht und üppig gegessen.

Plötzlich kommt Marios Tante Carlotta auf mich zu und tätschelt meinen Arm.

»Du bist eine so wunderschöne Braut, mein Kind, herzlich willkommen in unserer Familie.« Die Alte erinnert mich an Miss Marple. An ihrem Unterarm hängt eine Handtasche, auf ihren ergrauten Haaren hat sie ein kleines Hütchen mit Haarnadeln festgesteckt und ihre Augen wandern wachsam durch den Saal.

»Grazie«, antworte ich und will meine mikroskopisch verschwindenden Italienischkenntnisse zum Besten geben, doch Carlotta stößt meinen Arm wie ein lästiges Insekt zur Seite.

»Hör bloß auf mit dieser Spaghettisprache.«

»Scuse ...«, sage ich, da mir auf die Schnelle nicht anderes einfällt, und ernte einen grimmigen Blick. Tante Carlotta ist die Schwester von Nonna Francesca, Marios Großmutter väterlicherseits.

»Kind, sei vorsichtig«, flüstert sie mir zu und schiebt mich dabei an den Rand des Saales. »Dein Schwiegervater Lorenzo und seine Mafiasippschaft haben nichts als Unheil über unsere Familie gebracht.« Ihre geheimnisvolle Andeutung macht mich neugierig und ich frage nach. Carlotta lässt die tanzende Gesellschaft nicht aus den Augen und erklärt: »Nonna Francesca, meine Schwester, ist der eigentliche Kopf dieses Mafiaclans.« Sie kneift die Augen zusammen und deutet auf eine alte in schwarz gekleidete Frau, die wie eine fette Made in ihrem Rollstuhl sitzt.

»Sie ist diejenige, die die Fäden wie eine Marionettenspielerin zieht«, fährt Carlotta fort, »denn Francesca duldet keinerlei Ungehorsam. Sie hat ihre Finger überall mit im Spiel.«

»Aber, ... Tante Carlotta!«, ich weiß nicht, was ich antworten soll, doch plötzlich spüre ich, wie Nonnas wulstige Finger sich um meinen Hals legen, und wirble wie ein Kreisel herum. Erleichtert stelle ich fest, dass es gar nicht die Finger meiner Schwiegermutter sind, sondern die Luftwurzeln des Philodendrons, in denen ich mich verheddert habe.

»Die Rovellis sind doch eine liebenswerte Familie. Ich mag sie.« Und ganz besonders den knackigen Hintern von Mario, denke ich, was ich allerdings nicht laut ausspreche.

»Du kennst diese Familie nicht, du hast keine Ahnung,

wozu sie fähig sind.« Carlotta ist aufgebracht und schnaubt durch die Nase.

Zugegeben, ich kenne Mario erst seit drei Monaten und seine Familie ist so groß, dass ich allein beim Schreiben der Hochzeitseinladungen das Gefühl hatte, das gesamte italienische Vornamensregister abzutippen.

Luigi, Giorgio, Salvatore, Paolo, Rosa, Angela, Maria, Giovanna und wie sie alle heißen, tanzen, lachen und trinken auf unserer Hochzeit und ich stelle fest, dass Carlotta recht hat. Bis auf die vierzehn Gäste, die aus meiner eigenen Familie stammen, und Marios Eltern, kenne ich niemanden von ihnen.

»Schau dir Elena beispielsweise an«, sagt Tante Carlotta und ich blicke zu Marios Mutter, die blass neben Lorenzo sitzt und an einem Glas Sekt nippt.

»Seit ihre Eltern vor einigen Jahren bei einem Verkehrsunfall starben, ist sie depressiv.«

»Oh, das tut mir Leid.«

»Nonna hatte sie töten lassen.«

»Wie bitte?«

»Elenas Eltern mochten Lorenzo nicht als Schwiegersohn und es gab Streitereien.«

»Aber das ist doch kein Beweis dafür, dass die Familie Rovelli einen Mord an ihnen beging.«

»Lorenzo und sein Bruder Salvatore sind Autohändler und kennen sich bestens mit Motoren aus.« Tante Carlottas Augen verengen sich, als sie fortfährt. »Und außerdem, schau dir Marios Bruder Luca an.«

Der junge Mann tanzt mit seiner Freundin, einem blonden Busenwunder im knappen Minikleid und knetet ihre Pobacke. Ich denke an Mario und möchte ebenfalls tanzen.

»Warum glaubst du, hat Luca eine so billige Person zur Geliebten?«, fragt Tante Carlotta. Mir fallen allein tausend Gründe dafür ein und ich muss unter anderem an unser Wasserbett denken.

»Ihr Vater ist ein ganz großes Tier bei einem italienischen Fernsehsender und Luca studiert Journalismus.«

»Ach, so ein Unsinn!«

»Unsinn?«, zischt Carlotta, krallt ihre knochigen Finger in meinen Unterarm und starrt mich an. »Dann überleg mal, warum Mario ausgerechnet dich geheiratet hat.«

Mein Ärger über diese alberne Person brodelt wie kochende Milch in mir hoch und ich entreiße ihr meinen Arm.

»Welchen Beruf haben deine Eltern, na?«

»Mein Vater ist Staatsanwalt und meine Mutter arbeitet im Sekretariat des Bürgermeisters«, antworte ich und hätte mich im selben Moment in den Hintern beißen können.

»Damit ist ja wohl alles geklärt. Gute Verbindungen sind in Mafiafamilien Gold wert. Ich sag's noch mal, Kind, pass auf dich auf.«

Tante Carlotta verdirbt mir den schönsten Tag meines Lebens mit ihren Verdächtigungen, die wie Saatkörner auf fruchtbaren Mutterboden fallen und das Schlimmste ist, sie keimen sofort. Ich muss zugeben, ich weiß recht wenig über Mario, außer dass er mich liebt und auf Rosen bettet. Zweifel nagen plötzlich an mir wie Biber an groben Baumrinden und ich frage mich, ob seine Leidenschaft nur Teil eines Planes ist, um mich einzulullen, damit ich keinerlei Fragen stelle.

»Aber, du hättest ihn vorhin bei der Brautentführung sehen müssen, Tante Carlotta«, verteidige ich meinen Liebsten, »als Luca und Paolo mich in ihren Wagen zerrten und wegfahren wollten, da sprang Mario plötzlich todesmutig vor das fahrende Auto und verhinderte die Entführung.«

Ich war so stolz auf meinen Retter, der sein Leben für mich riskiert hatte, auch wenn der Wagen nur Schrittgeschwindigkeit gefahren war.

»Mhm, kein Wunder«, sagt Carlotta und schüttelt den Kopf, »seine erste Frau wurde vor drei Jahren entführt und kam bei der Lösegeldübergabe ums Leben.«

Mir zieht es den Boden unter den Füssen weg. Ich greife nach der Fensterbank und muss mich stützen. Mario hatte mir nichts davon erzählt, dass er bereits verheiratet gewesen war. Mein Misstrauen wuchert wie wilder Efeu und ich bin mir plötzlich nicht mehr sicher, ob diese Heirat richtig gewesen war.

»Mein Gott, das wusste ich nicht.«

»Ich könnte dir helfen, aus diesem Schlammassel wieder herauszukommen, ohne dass du die Rache des Mafiaclans auf dich ziehst. Die Familie ist wirklich gefährlich«, sagt Carlotta und schaut mich eindringlich an.

Ich erinnere mich an den eisigen Blick meines Schwiegervaters und sehe mich in Gedanken gefesselt und mit einbetonierten Füßen auf dem Grund eines Flusses ertrinken.

»Lass gut sein, Kindchen, ich kümmere mich darum.«

Tante Carlotta tätschelt abermals meinen Arm, kramt in ihrer Handtasche und lässt mich mit meinen finsteren Zukunftsvisionen einfach stehen. Sie schlendert durch den Raum, spricht mal hier mit einer älteren Dame und dort mit einem jungen Herrn.

»Il mio amore, meine Liebe«, gurrt Mario mir plötzlich ins Ohr. Er umfasst mich an der Taille, gräbt sein Gesicht in meine Halsbeuge und küsst mich. »Lass uns tanzen.«

Mario schiebt mich zur Tanzfläche und die Aussicht auf eine Pobackenmassage, die mir vorhin, bei Lucas Tanzeinlage noch verlockend erschien, löst plötzlich Unbehagen in mir aus. Nonna Francesca beobachtet mich mit ihren dunklen Adleraugen und Lorenzo flüstert ihr etwas ins Ohr. Sie nickt und lächelt. Hinter ihrem Rücken schraubt Carlotta ein Tablettenfläschchen auf und schüttet ein weißes Pulver in Marios Sektglas. Mario und ich wirbeln durch den Saal und als die Musik endet, fällt er vor mir auf die Knie und küsst meine Hand. Mir ist schwindelig und ich muss mich setzen. Tante Carlotta lässt sich neben mir auf einem Stuhl nieder, während Mario sich entschuldigt und zu seinem Vater geht.

»Was hast du in Marios Glas hineingeschüttet?«, fauche ich die alte Frau an.

»Zyankali.«

»Du hast ... WAS?«

»Mach dir keine Sorgen, alles wird gut«, tröstet mich Carlotta.

In diesem Moment greift Mario nach seinem Glas. Ich will aufspringen, kann doch nicht mit ansehen, wie Carlotta den Mann tötet, für den ich vor wenigen Minuten noch über glühende Kohlen gelaufen wäre.

Im selben Moment öffnet sich die Restauranttür und ich vergesse, dass ich einen Mord verhindern sollte. Ein Mann in weißen Hosen und weißem Sweatshirt betritt den Saal, schaut sich um und winkt Carlotta zu.

»Hallo, Miss Marple«, begrüßt er Marios Tante und kommt auf uns zu. Carlotta verzieht das Gesicht und greift nach ihrer Handtasche.

»Herzlichen Glückwunsch zu Ihrer Hochzeit«, sagt jener Mann und schüttelt mir die Hand. Auf seinem Pullover entdecke ich eine grüne Stickerei »Haus Herbstfrieden«, das Emblem eines sündhaft teuren Altenheims.

»Zeit für Sie, Signora Carlotta. Ich bringe Sie jetzt wieder nach Hause ... Hat sie sich denn gut amüsiert«, fragt mich der Pfleger, »oder hat unsere Miss Marple vielleicht wieder Mafiageschichten erzählt? Etwa, dass Herr Rovelli

Mafiosi sei und seine Schwiegereltern getötet haben soll, oder dass Mario, Ihr Bräutigam, bereits eine Frau gehabt haben soll, die angeblich von der Mafia erschossen wurde? Sie müssen verstehen, Signora ist ein wenig verwirrt und fantasiert gelegentlich, nun ja, in letzter Zeit leider immer öfter.«

Der Pfleger lacht und streicht liebevoll über Carlottas Wange. Mir dreht sich der Kopf, denn ich begreife, dass Carlottas Mafiageschichten über die Familie Rovelli einzig ihren senilen Fantasien entsprungen sind. Durch einen grauen Schleier, der sich vor meine Augen legt, sehe ich, wie Mario sein vergiftetes Sektglas an die Lippen führt. Verrückte Bilder schießen mir durch den Kopf, wie ich als trauernde Mafiawitwe mit der Familie an seinem Grab stehe und mir überlege, was der Pfarrer während unserer Trauung gesagt hatte. Der Pfleger folgt meinem erschreckten Gesichtsausdruck und lacht.

»Keine Sorge, in seinem Glas ist kein Zyankali, nur Traubenzucker. Carlotta vergiftet liebend gern Mitglieder der Familie, doch glücklicherweise haben die Rovellis großes Verständnis für ihren Zustand«, sagt der Pfleger und winkt Mario zu. Dann hakt er Carlotta unter und verlässt mit ihr das Fest.

»Congratulazioni, meine Liebe«, ruft Miss Marple im Gehen über ihre Schulter hinweg und lässt mich mit der Erkenntnis zurück, dass ich ihr wie eine Fliege auf den Leim gegangen war. Lorenzo und Nonna Francesca, die angeblichen Obermafiosis, prusten vor Lachen. Eigentlich sollte ich beleidigt darüber sein, dass mich niemand vor Tante Carlotta gewarnt hatte, aber als Mario mir eine Kusshand zuwirft, muss ich lachen und kann mich endlich wieder auf eine heiße Hochzeitsnacht in unserem neuen Wasserbett freuen.

## *Der Ackerdiamant*

Finger Joes letzter Diebstahl sollte die Krönung seiner Einbrecherkarriere werden, sollte wie ein Komet am nachtschwarzen Himmel aufleuchten. Er stand vor dem Safe des Agrarindustriellen Kahldorn und hörte das Zahlenschloss aufspringen. Jede Faser seines Körpers kribbelte, nur noch ein Atemzug trennte ihn von dem größten Coup, den er jemals gelandet hatte. Schade, dass jetzt niemand diesen erhebenden Moment des Glücks mit mir teilen kann, dachte er. Das wäre der richtige Moment für einen Tusch oder ein Feuerwerk gewesen. Finger Joe faltete seine Hände und drückte dabei seine Handflächen gegen die Brust. Die alten Knochen knackten. Vorsichtig, beinahe liebevoll umfasste er den Drehknauf des Safes und öffnete die Tür. Es dauerte nur Sekunden, doch Finger Joe kam es wie eine Ewigkeit vor. Ein Prickeln strömte durch seinen Körper. Er schloss die Augen, um den ersehnten Anblick der Diamanten noch einen Moment lang hinauszuzögern. Dies war der erregendste Moment eines jeden Einbruchs, schöner als Sex, zumindest, soweit Joe sich noch daran erinnern konnte.

Er stand vor der aufgebrochenen Tür, öffnete seine Augen und blinzelte in das Innere des Safes.

»Was ist denn das?« Joe traute seinen Augen nicht. Das kann nicht sein, dachte er. Anstelle der erwarteten Diamanten fand er einen Gegenstand im Safe, den man dort niemals vermutet hätte. Keine Wertdokumente, kein Schmuck, keine Diamanten, kein Bargeld, nein, dort lag - eine Kartoffel.

Finger Joe stand da wie gelähmt und riss den Mund auf, als ob er in den Erdapfel hineinbeißen wollte. Er fuhr zusammen und schlug mit der Faust gegen den Tresor. Er bebte vor Wut. Dies war sein letzter Coup, er sollte der Spektakulärste von allen werden, stattdessen nun diese Blamage. Joe wunderte sich, warum jemand eine Kartoffel in seinem Safe verschloss, dachte jedoch nicht lange nach und zwängte die Knolle, die die Form eines grapefruitgroßen Diamanten hatte, in seine Aktentasche, schloss den Safe, schaute sich im Zimmer um, ob er auch keine Spuren hinterlassen hatte und schlich zur Tür hinaus.

Er floh zu Fuß bis zur nächsten Bushaltestelle. Seine Tasche, in der er Werkzeug, Wollmütze und die unförmige Beute verstaut hatte, hielt er unter den Arm geklemmt. Finger Joe mischte sich unter die letzten Partybummler, die sich an der Haltestelle tummelten, und wartete auf den Nachtbus. Den Schatten, der ihm folgte, bemerkte er nicht.

Der Bus, ein zischendes Ungeheuer, bog wenige Minuten später in die Haltebucht ein. Er verschlang die Fahrgäste, schloss die Türen wieder und setzte seine Fahrt fort. Joe suchte sich einen Platz dicht neben dem Ausstieg. Er legte seine Tasche vor sich auf den Schoß und umklammerte sie mit beiden Händen. Finger Joe galt als einer der Besten seiner Branche, eine Legende, aber auch er war älter geworden. Die Knochen spielten nicht mehr mit und seine Blasenschwäche erschwerte ihm die nächtliche Arbeit. Doch das Schlimmste, er hörte immer schlechter und genau das war ihm bei seinem letzten Einbruch zum Verhängnis geworden. Gerade als er den Safe leer geräumt hatte, war der Nachtwächter hinter ihm aufgetaucht. Joe hatte ihn nicht kommen hören und ihn im Affekt erschlagen. Es wurde Zeit seine Karriere zu beenden. Deswegen sollte der heutige Einbruch das abschließende Sahnehäubchen seiner Laufbahn werden. Doch stattdessen saß er jetzt auf der Flucht im Nachtbus zwischen kichernden Discomäusen und verträumten Liebespärchen und hielt im Arm die lächerlichste Beute, die er je gestohlen hatte. Mein Gott, eine Kartoffel, dachte er und fragte sich immer wieder, warum um alles in der Welt ein Mann wie Kahldorn eine Kartoffel in seinem Safe aufhob. Letzte Woche hatte der Industrielle noch in aller Öffentlichkeit damit geprahlt, dass er im Besitz wertvoller Diamanten sei.

Der Bus schaukelte durch die Nacht und spuckte an jeder Haltestelle einige seiner Fahrgäste wieder aus. ›Platanenweg‹, krächzte die Ansage durch den Lautsprecher und der Bus stoppte. Joe stieg aus. Die Türen schlossen sich hinter ihm.

Der Dieb bog in eine Seitenstraße ab und schlurfte über das Kopfsteinpflaster. Plötzlich blieb er stehen und lauschte. Dann drehte er sich um und sah noch den Bus, wie einen leuchtenden Wurm in die Nacht verschwinden. Er überlegte, ob außer ihm noch jemand ausgestiegen war. Nein, er war allein in der Straße, musste sich wohl getäuscht haben. Jetzt kam zur Blasenschwäche auch noch Senilität hinzu, dachte er, schüttelte den Kopf und trottete weiter. Er wollte nach Hause und die Kartoffel untersuchen.

Vor einem Mietshaus mit zwanzig Briefkästen an der Hauswand, die aussahen wie hungrige Mäuler, die jemand mit bunten Reklamezetteln gestopft hatte, blieb er stehen und kramte seinen Schlüssel aus der Hosentasche hervor. Verärgert zog er die unerwünschte Werbung aus seinem Postkasten und verschwand im Treppenhaus. Der Schatten auf der anderen Straßenseite wartete, bis das Licht im Hausflur erlosch.

Finger Joe wohnte in einer Zweizimmerwohnung im dritten Stock. Kleidungsstücke verteilten sich quer durch die Wohnung. Angebrochene Konservendosen standen in der Küche und ein überquellender Aschenbecher auf dem Wohnzimmertisch verströmte kalten Zigarettenrauch. Der alte Mann ließ sich auf sein Sofa plumpsen, zog seine Beute aus der Tasche und studierte sie von allen Seiten.

»Was könnte daran nur wertvoll sein?«, fragte er sich und betrachtete die Knolle. Er konnte nichts entdecken. Sein Magen knurrte. Er stand auf, schlurfte in die Küche und schob eine Schüssel mit den Überresten eines Kartoffel-Gemüse-Gratins vom Vortag in die Mikrowelle. Vielleicht sollte er die erbeutete Kartoffel seiner Nachbarin schenken, damit sie ihn wieder bekochen konnte, dann hätte sich der Einbruch wenigstens gelohnt. Das Telefon klingelte. Er ging in den Flur und hob den Hörer ab.

»Ja!«

»Sie haben etwas, das mir gehört«, flüsterte eine heisere Männerstimme am anderen Ende der Leitung. Finger Joe zog die Brauen zusammen.

»Wer sind Sie?«

»Ich will die Kartoffel.«

»Tut mir leid, ich bin kein Gemüsehändler.« Finger Joe grübelte, woher der Mann von seiner Beute wusste.

»Ich will die Kartoffel zurück.«

»Im Supermarkt um die Ecke können Sie sich eine aussuchen«, Joe beabsichtigte Zeit zu gewinnen. Er zerbrach sich den Kopf, wer der Anrufer sein mochte, ob er ihn bei seinem Einbruch beobachtet hatte?

»Schluss mit den Spielchen! Wir treffen uns in einer Viertelstunde gegenüber im Park, vor dem Obelisken.«

»Und, warum sollte ich kommen?«

»Ich biete Ihnen zehntausend Euro.«

»Mhmm, das wäre vielleicht ein Argument.«

»In einer Viertelstunde!«, befahl die Stimme und die Verbindung wurde unterbrochen. Finger Joe kratzte sich am Kopf. Zehntausend Euro für eine lumpige Kartoffel?

Da musste mehr dahinter stecken. Er betrachtete seine Beute erneut und überlegte, ob sie vielleicht wegen ihrer eigenartigen Form preisverdächtig war und zum Ackerdiamant des Jahres prämiert werden sollte. Egal, dachte er, besser das Geld in Händen, als eine Kartoffel im Topf. Mit knurrendem Magen schaltete er die Mikrowelle aus, stopfte die Knolle mühsam in seine Manteltasche und verließ das Haus.

Joe wartete vor dem Denkmal auf das Rendezvous mit dem Kartoffeljäger. Kaum war er angekommen, löste sich ein Schatten aus dem Gebüsch und ein kleiner Mann mit Hut und Trenchcoat kam auf Finger Joe zu.

»Haben Sie sie dabei?«

»Woher wissen Sie überhaupt von der Kartoffel und woher kennen Sie meine Telefonnummer?«, fragte Joe im Gegenzug. Der Mann grinste.

»Dass Sie die Kartoffel haben, wusste ich nicht wirklich, aber ich dachte mir, ein waschechter Dieb nimmt mit, was er findet. Ich habe die Villa von Kahldorn beobachtet und bin Ihnen gefolgt. Sie zogen Ihre Werbepost aus dem Briefkasten und ich musste anschließend nur den Namen ablesen und im Telefonbuch Ihre Nummer suchen.«

Finger Joe war verblüfft.

»Lassen Sie uns zum Geschäft kommen«, sagte der Mann.

Joe zog die Knolle hervor und fragte: »Warum um alles in der Welt bieten Sie mir zehntausend Euro für dieses Ding?«

Blitzschnell ließ der kleine Mann Handschellen um Finger Joes Handgelenke schnappen.

»Weil das die Belohnung ist, die die Polizei für Ihre Ergreifung ausgesetzt hat.« Er lüpfte seinen Hut in die Höhe. »Angenehm, ich bin Detektiv P.I.Shadow und die Kartoffel war eine Falle, die Herr Kahldorn freundlicherweise für mich ausgelegt hatte. Er schuldete mir noch einen kleinen Gefallen.«

Finger Joe seufzte. Das war nun das erbärmliche Ende seiner legendären Karriere als Einbrecher. Er würde wegen einer lumpigen Kartoffel ins Gefängnis gehen und nie wieder irgendwo einbrechen können. Obwohl, Finger Joe schmunzelte, im Knast gab es so viele Schlösser, wie Kartoffeln in einem bestellten Acker, da würde er sicher das eine oder andere knacken können.

## *Racheengel*

Das Mondlicht schimmert durch das Fenster und zaubert einen silbrigen Glanz über die wenigen Möbelstücke im Zimmer. Michael drückt seine Stirn gegen die kalte Scheibe und schließt die Augen. Er liebt die Stille, die Einsamkeit, die ihn umfängt, sobald die Tür hinter ihm ins Schloss fällt. Er bläht seine Nasenflügel und atmet die eisige Luft ein, die durch einen Spalt zwischen Mauerwerk und Fensterrahmen in seine Kammer strömt. Beim Ausatmen faucht er kleine Wölkchen in die Dunkelheit.

Michael seufzt und schlägt vorsichtig mit seinem Kopf gegen das Glas. Dabei umklammert er die Fensterbank und krallt seine Finger so tief in das Holz, bis sich Splitter lösen und unter seine Nägel schieben. Schmerzen sind gut. Schmerzen lenken ab.

Er öffnet die Augen und starrt ins Tal hinab. Der Wind hat längst die letzten Blätter von den Bäumen geweht und karge Gerippe als Pfand für den nahenden Winter zurückgelassen. Die Lichter der Stadt schillern, wie ein Haufen zusammengefegter Diamanten. An einer Stelle leuchten sie besonders grell, dort wo Neonröhren die Form von Cocktailgläsern, roten Lippen oder nackten Frauen haben, und im Rhythmus des Bösen und Verderbten blinken. In diesem Viertel lungern leicht gekleidete Frauen auf den Gehwegen herum, stelzen mit ihren Stilettos über das Kopfsteinpflaster und bieten ihre halb nackten Körper feil. Sie steigen in dunkle Limousinen oder bedienen ihre Freier in schäbigen Hotelzimmern, hinter roten Vorhängen.

Michael gräbt seine Fingernägel noch tiefer in das Holz. Früher saß er abends in seinem Zimmer und studierte bei flackerndem Kerzenschein Bücher, die er sich in der Bibliothek ausgeliehen hatte oder er schrieb seine Gedanken mit nachtschwarzer Tinte in Versen nieder. Er war mit seiner kleinen bescheidenen Welt zufrieden, hatte Spaß an seiner Arbeit und war dankbar für jeden neuen Tag, an dem er einfach nur vergessen konnte.

Vergessen, kann man überhaupt vergessen, der Sohn einer Prostituierten zu sein? Michael schlägt mit der Stirn gegen das Fensterkreuz, fester als zuvor, doch noch nicht fest genug. Die Erinnerungen an seine Mutter rauben ihm manchmal den Verstand und dann riecht er wieder die Mottenkugeln in ihrem Schrank, in den sie ihn sperrte, wenn sie Kundschaft hatte.

Mutter nannte sich Chantal und Michael einen Betriebsunfall. Um ihn mit durchfüttern zu können, musste sie noch öfter fremde Männer in ihre Stube lassen. Michael hätte gerne gehungert, nur um nicht aus seinem Versteck heraus Zeuge werden zu müssen, wenn Chantal ihren Körper verschwitzten und stinkenden Männern hingab. Hätte er Freunde gehabt, wäre er währenddessen mit ihnen auf der Straße Fußball spielen gegangen, aber er hatte keine. Niemand wollte mit so einem zu tun haben, mit dem Sohn einer Nutte, da zeigte man lieber mit dem Finger auf ihn und tuschelte hinter vorgehaltener Hand.

Der Schrank hatte Lamellentüren und so konnte Michael seine Mutter beobachten, wie sie die widerlichsten Wünsche ihrer Freier bediente, wie sie sich von dreckigen Männerfingern begrapschen ließ. Und wenn er die Augen schloss, nahm er erst recht den muffigen Geruch im Schrank wahr, der sich schon bald mit der von Schweiß geschwängerten Luft vermischte und ihm wurde dann jedes Mal übel.

Michael flehte seine Mutter an, sie möge ihn nicht länger im Schrank einsperren. Er wollte lieber alleine durch die Straßen schlendern und warten, bis ihre Kunden wieder fort waren. Ein Schlag ins Gesicht und eine aufgeplatzte Lippe waren ihre Antwort. Wenn sie ihn nachts alleine auf die Straße ließe, würde es nicht lange dauern und sie hätte die Polizei und das Jugendamt auf dem Hals. Er sollte lieber dankbar sein, dass sie für ihn Überstunden mache, er ein Zuhause habe und nicht im Heim leben musste. Ein Heim wäre sicherlich nicht das Schlechteste gewesen, dachte Michael und schwieg.

Einmal hatte er ein Buch mit in den Schrank genommen und als das Treiben im Zimmer immer lauter und heftiger wurde, knipste Michael seine kleine Taschenlampe an und las von Dinosauriern, die die Welt eroberten. Mutters Schreie versanken im Urzeitnebel und der muffige Schweißgeruch wich dem schwefeligen Rauch ausbrechender Vulkane im Land der Dinos. Er vergaß die Welt um sich herum. Sein Lächeln, als Mutter den Schrank aufriss, wurde ihm sogleich mit einer Ohrfeige aus dem Gesicht geschlagen. Was ihm einfiele, wollte sie wissen. Er habe Glück gehabt, dass ihr Freier das Licht nicht zwischen den Lamellen entdeckt hatte. Das hätte Ärger gegeben und womöglich ihren diskreten Ruf ruiniert. Sie beschimpfte Michael und nahm ihm Buch und Lampe ab.

Fortan musste er wieder im Dunkeln dem lüsternen Stöhnen seiner Mutter und dem Keuchen der fetten Männer lauschen. Er kauerte sich in den letzten Winkel des Schrankes, hüllte sich in einen dicken Wintermantel, der vom Bügel baumelte, und legte den Kopf zwischen die Knie. Dann schob er den Daumen in seinen Mund und schaukelte vor und zurück.

Eines Tages lief Michael einfach davon. Er hasste dieses Zimmer voller roter Tücher und Vorhänge, er hasste die fremden Männer, die seine Mutter achtlos nahmen und wieder gingen und er hasste vor allem sie, weil sie es geschehen ließ. Er machte sich auf die Suche nach einem neuen Zuhause, nur weit fort von seiner Mutter und dem muffigen Schrank. Was aus Chantal geworden war, ob sie ihn suchte, wusste er nicht und wollte es auch gar nicht wissen. Wahrscheinlich war sie froh, dass sie nun nicht mehr für zwei verdienen musste und keine Überstunden mehr machen brauchte.

Michael gefällt sein neues Zuhause. Er hat ein eigenes Zimmer, kann endlich Bücher lesen, lernen und arbeiten, wie andere junge Männer auch. Aber vor allem macht sich keiner mehr über ihn lustig oder zeigt mit dem Finger auf ihn. Er hat Freunde und zum ersten Mal so etwas wie Frieden gefunden.

Doch seit einiger Zeit ist da etwas Neues, etwas, das ihm Angst macht. Seine Kindheit weicht Gefühlen und Sehnsüchten, die in ihm reifen und ihm feuchte Träume bescheren. Bilder, wie seine Mutter sich mit ihren Liebhabern durch die Laken wühlt, tauchen plötzlich wieder in seinen Gedanken auf und verwirren ihn.

Vor einigen Wochen trieb es Michael zum ersten Mal in jenes Stadtviertel, wo die Lichter besonders bunt schillern. Er versteckte sich in einem dunklen Hauseingang und beobachtete die Mädchen und Frauen, die wie Chantal ihre Körper anpriesen. Ihre Brüste quollen aus Dekolletés, ihre Röcke gewährten Einblicke, die Michael plötzlich erregten statt anekelten. Dabei hatte er den Frauen abgeschworen, wollte auf keinen Fall einer dieser fetten Männer werden, die schwitzend und keuchend über die Mädchen rutschten und ihre Dienste mit Geld entlohnten. Als er seinen triebhaften Fantasien bewusst wurde, rannte er nach Hause und schlug mit dem Kopf gegen die Wand. Schmerzen sind gut. Schmerzen lenken ab.

Doch Michaels Gelüste wurden immer stärker, sodass er fortan jeden Abend in die Stadt ging, durch die Dunkelheit schlich und beobachtete. Vor zwei Wochen hatte ihn eines der Mädchen entdeckt. Sie lächelte ihn an, öffnete ihre Daunenjacke, unter der sie ein enges Shirt trug, das mehr preisgab, als ihm lieb war. Er schluckte, seine Knie wurden weich und er folgte ihr wie ein Magnet. Sie schien so zerbrechlich und sprach nur einzelne Worte deutsch, aber das störte ihn nicht, er wollte nicht reden. Ihm schlug das Herz bis zum Hals, als er ihr eine schmale Stiege nach oben in ein billiges Stundenhotel folgte. Sie schloss die Zimmertür und wedelte mit der Hand. Michael bezahlte den vereinbarten Betrag. Sie stopfte das Geld in ihre Handtasche und zog sich das neonfarbene T-Shirt aus. Genauso routiniert wie seine Mutter schlüpfte sie auch aus dem Rest ihrer Kleidung und stand plötzlich nackt vor ihm. Sie rekelte ihre Arme über dem Kopf und kreiste mit ihrem Becken. Dabei senkte sie ihren Blick, leckte über ihre Lippen und kam auf Michael zu. Getrieben von der Gier, über das Mädchen herzufallen und zurückgehalten von dem Abscheu nun auch einer dieser schwitzenden Männer zu werden, zögerte Michael.

Im selben Moment hämmerte es an der Tür. Das Mädchen ließ augenblicklich die Arme sinken, schrie leise auf und zerrte an Michaels Ärmel. Dabei flüsterte sie auf ihn ein, aber er verstand ihre Sprache nicht, nur vereinzelte Worte »böse«, »schlagen« und »Angst« begriff er und folgte ihr. Ein Mann brüllte vor der Tür und trommelte mit den Fäusten dagegen. Das Mädchen öffnete den Schrank und wollte Michael hineinschieben. Niemals! Die Schläge an der Tür wurden immer brutaler. Das Mädchen schaute ihn flehentlich an und wimmerte. Eine Flucht durch das Fenster war nicht möglich, da sie sich im dritten Stock befanden und ein kurzer Blick zum Badezimmer verriet ihm, dass er auch dort kein Versteck finden würde. Michael blieb keine Wahl. Er stieg in den Schrank mit Lamellentüren und kauerte sich zitternd in die Dunkelheit. Das Mädchen rannte zur Tür und öffnete einem angetrunkenen Kerl, der ihr sofort ins Gesicht schlug. Er wedelte genau wie sie vorhin mit der Hand und kassierte ihr ganzes Geld, das sie bereitwillig aus ihrer Handtasche hervorzog. Er steckte es ein und grinste. Mit einem Kopfnicken bedeutete er dem Mädchen sich aufs Bett zu legen. Sie gehorchte. Während der Mann brutal über die Kleine herfiel, hielt sich Michael die Ohren zu, schloss die Augen und schaukelte vor und zurück. Nur den Geruch nach verschwitzen Leibern und Mottenkugeln konnte er nicht ausblenden.

Als Michael wieder zu Hause war, starrte er auf die Stadt hinab. Er biss die Zähne aufeinander, bis die Wangenknochen hervortraten und schaukelte wieder vor und zurück. In der Fensterscheibe spiegelte sich für ihn der Anblick des Mädchens auf dem Bett, nachdem der Mann gegangen war. Michael sah ihre weiße Kehle, durch die er sein Messer gezogen, und das viele Blut, das sich über das schmutzige Laken ergossen hatte.

Seit jener Nacht liest Michael abends nicht mehr in seiner Kammer, sondern schreibt nur noch hasserfüllte Verse über seine Mutter mit blutroter Tinte. Dabei drückt er den Füller so fest auf das grobe Papier, bis es wie Schnittwunden unter der Feder auseinanderklafft.

Der Mond zieht seine Bahn über den schwarzen Himmel und die Schatten in Michaels Stube wandern. Er schlägt wieder und wieder seinen Kopf gegen den Fensterrahmen. Schmerzen sind gut. Schmerzen lenken ab.

Nach einer ganzen Weile zündet er die Kerze auf dem Tisch an. Die Flamme flackert im Luftzug, wie sie es jede

Nacht tut. Das Wachs läuft über den Tisch und bahnt sich seinen Weg durch die Holzmaserung. Seit sechzehn Tagen geht Michael nun jeden Abend in die Stadt. Er folgt den Dirnen unauffällig in ihre schäbigen Zimmer und wiederholt sein Ritual, das er anfangs noch unsicher mit jeder Nacht jedoch geschickter ausübt. Anschließend verschwindet er lautlos und wird eins mit den Schatten der finsteren Nacht.

Michael schlüpft aus seiner Arbeitskleidung und geht zum Waschbecken. Seine Hände formt er zu einer Kuhle und fängt eisiges Wasser darin auf. Dann taucht er sein Gesicht ein und spürt die Kälte in seine Haut beißen. Er wiederholt diesen Vorgang einige Male und trocknet sich mit einem groben Handtuch ab. Er öffnet seinen Schrank, zieht ein neues Kleidungsstück hervor und breitet es auf seinem Bett aus, streicht die Falten glatt, liebkost den nachtschwarzen Stoff.

Die Kirchturmuhr schlägt elf Mal. Es wird Zeit aufzubrechen. Michael bekreuzigt sich und greift nach dem Messer, das er in einem Leinentuch umwickelt auf seinem Schrank versteckt hat. Er legt das Bündel auf den Tisch und schlägt die Enden auseinander. Durch sechzehn Kehlen hat er die Klinge in den vergangenen Nächten gezogen und dabei sechzehn Mal in das Antlitz seiner Mutter geblickt.

Die Stadt ist in Aufruhr, die Prostituierten haben Angst, doch Michael vertrauen sie, auch wenn sie anfangs über ihn tuschelten und verwundert die Köpfe nach ihm verdrehten. Er nimmt sein Gewand, seine Mönchskutte, vom Bett und zieht sie über. Das Messer, das nach dem weichen Fleisch seines siebzehnten Opfers lechzt, versteckt er vorsichtig darunter. Er kniet sich zu Boden, wendet sein Haupt dem Kruzifix über seinem Bett zu und lächelt. Dann faltet er die Hände und betet, wie er es jeden Abend tut, bevor er seine Zelle und das Kloster verlässt:

Vater unser im Himmel,
geheiligt werde mein Name.
Mein Reich komme.
Mein Wille geschehe, nicht im Himmel so auf Erden.
Euer täglich Tod geb' ich heute.
Und vergib mir meine Schuld, wie auch ich
vergebe diesen Schuldigern.
Und führe sie nicht in Versuchung, sondern erlöse
mich von den Bösen.
Denn mein ist das Recht und die Kraft und
die Grausamkeit in Ewigkeit.
Amen.

Das vertraute Gefühl der Angst war zurück. Ich wollte das schwarze Buch meiner Erinnerungen zuschlagen, jeden Gedanken an damals aus meinem Leben streichen. Doch in jener Nacht war ein eiskalter Wind zwischen die Seiten gefahren und hatte sie wieder auseinander gewirbelt. Finstere Zeilen krochen daraus hervor und griffen nach mir. Dabei hatte ich gehofft, dass ein Umzug in ein kleines Dorf, ein neuer Job und neue Freunde mir helfen konnten, zu vergessen.

Manchmal zwang ich mich abends nach der Arbeit zu einer Joggingrunde - ein hilfloser Versuch vor mir selbst davonzulaufen. Genau wie damals. Ich war noch nicht einmal am Ende der Reihenhaussiedlung angekommen, da spürte ich schon das erste Stechen in meiner Seite. Es war Halloween und aus den Vorgärten meiner Nachbarn starrten mich beleuchtete Kürbisköpfe an, die mit ihren ins Fruchtfleisch geschnitzten Zähnen nach mir fletschten.

Ich bog in eine Seitenstraße, die geradewegs aus dem Dorf hinaus führte. Mein Schatten schrumpfte, sobald ich in den Lichtkegel der diffusen Laternen am Straßenrand eintauchte und wuchs, sobald ich die Helligkeit wieder verließ. Das Spielchen lenkte mich wenigstens von meinem Seitenstechen ab. Ich wusste nicht, wie lange ich gelaufen war, hatte nicht auf die Uhr geschaut. Die Lichter des Dorfes waren jedenfalls schon eine ganze Weile hinter mir verschwunden.

Ich lief immer weiter, bis ich schließlich ein kleines Haus am Waldrand erblickte, in dessen Garten unendlich viele illuminierte Kürbisköpfe aufgestellt waren. Das Stechen in meiner Seite wurde heftiger. Ich stützte mich an dem Gartenzaun des Hauses ab, beugte meinen Oberkörper nach vorne und keuchte. Wie dumm von mir, so gedankenlos in die Nacht hinein zu laufen. Hätte ich nur wenigstens eine Wasserflasche mitgenommen.

Langsam richtete ich mich wieder auf und sog die kühle Luft tief in meine Lungen ein. Eine Windböe zerrte an meiner Jacke und rüttelte an den grünen Holzläden des Hauses. Komisch, ich hatte es noch nie zuvor gesehen. Es stand mitten in einem wuchernden Blumengarten und wurde von einem quietschenden Wetterhahn, der neben der Haustür in der Erde steckte, bewacht. Aber am meisten wunderte ich mich über die mindestens dreißig ausgehöhlten und mit Kerzen beleuchteten Kürbisköpfe. Sie säumten einen Gartenweg, der von der Seite des Hauses direkt in den Wald führte. Ihr orangefarbenes Licht zeichnete groteske Fratzen in die Nacht, die beim Flackern der Kerzen im Wind tanzten.

Mir wurde kalt und ich rieb meine Arme. Plötzlich öffnete sich die Haustür und eine alte Frau kam mit einem Beutel in der Hand heraus, lief bis um die Ecke des Hauses und warf ihn in den Mülleimer. Auf ihrem Weg zurück bemerkte sie mich und zögerte. Ich stand einfach nur da und starrte sie an.

»Kann ich Ihnen helfen?«, fragte die Alte.

»Nein, ähm, danke ...«, ich kam mir albern vor und wollte gehen. Die Alte kam näher, zog ihre gehäkelte Stola fester um die Schultern.

»Sicher?«, fragte sie nochmals.

»Ja, danke ich bin nur etwas außer Atem. Es geht gleich wieder.« Ich drehte mich um, hob die Hand zum Gruß und wollte mich auf den Weg machen, aber irgendetwas hielt mich zurück. Ich wandte mich wieder um und fragte die alte Frau: »Entschuldigung, ich weiß, es ist Halloween, aber warum haben Sie bloß so viele Kürbisköpfe in ihrem Garten aufgestellt?«

Die Alte lachte und öffnete das Tor. Sie packte meinen Unterarm und zog mich in den Garten.

»Kommen Sie, ich habe eine Kanne Tee aufgebrüht, der wird Ihnen gut tun und ich werde Ihnen erklären, was es mit den Kürbissen auf sich hat.«

Wie ein verwelktes Blatt im Wind folgte ich der Alten willenlos in ihr Haus, was normalerweise gar nicht meiner Art entsprach. War es der warme Tee, der mich lockte oder meine Neugier?

Die Frau schob mich durch einen schmalen Flur in ein gemütliches Wohnzimmer. Schwere purpurne Samtvorhänge vor der Terrassentür und ein lederner Ohrensessel vor dem knisternden Kamin verliehen dem Raum etwas Heimeliges. Bücher mit goldverzierten Rücken stapelten sich in einem Regal, das bis zur Decke hinauf reichte. An der Wand über dem Kamin hing ein Ölgemälde, das Portrait eines alten Mannes mit weißem Vollbart und Pfeife im Mundwinkel. Ich hatte das Gefühl, dass er mich aus seinem Bilderrahmen heraus beobachtete.

»Justus, mein verstorbener Mann«, sagte meine Gastgeberin, als sie meinen Blick bemerkte. Sie machte eine einladende Geste und bedeutete mir, im Ohrensessel Platz zu nehmen, während sie sich auf dem roten Sofa gegenüber niederließ.

»Wissen Sie überhaupt«, fragte die Alte und goss zwei Tassen Tee ein, »was Halloween bedeutet?«

»Klar, das kommt von den Amis«, sagte ich, »gib uns Süßes, sonst gibt's Saures – oder so ähnlich.«

Die Alte schmunzelte.

»Ja, oder so ähnlich, aber eigentlich ist Halloween die Nacht, in der der Schleier zwischen der Welt der Lebenden und Toten am dünnsten ist und die Seelen der Verstorbenen zurückkommen; das besagt jedenfalls die keltische Mythologie.« Ihr Blick wanderte zu dem Mann in Öl und mir dämmerte, worauf sie hinaus wollte.

»Sie haben die Kürbisse als Beleuchtung für Ihren toten Mann aufgestellt, damit er den Weg zu Ihnen zurückfinden kann?«

Die Alte lächelte.

»Das ist doch blanker Unsinn! Es gibt keine Geister«, sagte ich und erhob mich. Mir war unbehaglich zumute. »Herzlichen Dank für den Tee, aber ich sollte mich jetzt lieber wieder auf den Weg machen.«

Die alte Frau erhob sich ebenfalls und drückte mich sanft wieder in meinen Sessel zurück.

»Bitte warten Sie, bleiben Sie noch einen kleinen Moment und dann urteilen Sie selbst.«

Spätestens jetzt hätte ich das Weite suchen sollen, aber ich blieb, trank einen Schluck Tee und beobachtete die Alte. Sie zündete überall im Raum Kerzen an, löschte das Deckenlicht und zog den schweren Samtvorhang zur Seite. Dann öffnete sie die Terrassentür, und ein kalter Wind fegte durch das Zimmer. Ich fror. Die alte Frau stellte sich in den Luftzug, schloss die Augen und stimmte einen merkwürdigen Gesang an. Ihr tiefes Hummelbrummen wurde immer lauter und durchlief alle Stimmlagen, bis es bei einem schrillen Wasserkesselpfeifen verweilte. Plötzlich verstummte sie und senkte die Arme.

»Sehen Sie, es gibt keine Geister«, sagte ich zugegebenermaßen etwas triumphierend, doch als die Luft immer kälter ins Zimmer blies und zwischen den Kürbisköpfen eine dunkle Kreatur auf dem Gartenweg erschien, gefror mir der Atem. Die Gestalt kam näher. Ohne Arme oder Beine zu bewegen, schwebte sie in den Salon und verharrte vor dem Kamin. Die Alte verriegelte die Tür.

Ich traute meinen Augen nicht. Sollte das tatsächlich ihr toter Ehemann sein, der da vor mir stand? Er hatte mir den Rücken zugekehrt und blickte in das Feuer, den Kragen seines Mantels hochgestellt und seinen Hut tief in die Stirn gezogen. Langsam drehte er sich um. Ich krallte meine Finger in das Leder des Sessels, um nicht aufzuschreien. Sein Kopf war blutüberströmt und aus seiner Seite ragte eine gebrochene Rippe hervor. Es war nicht der weißhaarige Mann auf dem Bild. Um seinen Hals wehte ein weißer Seidenschal, dabei blies kein einziger Luftzug im Salon. In den Gläsern seiner Sonnenbrille spiegelten sich der Mond und die Sterne, doch im Zimmer gab es keinen Nachthimmel, der sich reflektieren konnte. Ich erschauderte.

»Wer sind Sie?«, fragte meine Gastgeberin die Kreatur. »Warum treiben Sie sich in der Zwischenwelt herum?«

In der Zwischenwelt herumtreiben, äffte ich die Alte in Gedanken nach. Mein erster Schreck war verflogen und ich war mir sicher, dass die Alte mit ihrem Sohn, oder wer auch immer dieser Mann sein mochte, mir einen Bären aufbinden wollte. Doch dann erkannte ich ihn: Es war mein Vater!

»Ich wollte dich damals nicht erschrecken«, sagte er, »ich wollte dir nur in die Augen schauen, mit dir reden.« Er zog ein rotes aus Papier gefaltetes Origamiherz aus seiner Tasche, küsste es und streckte es mir entgegen. Sein Gesicht, so fremd und doch so vertraut zugleich, spukte seit jener Nacht durch meine Träume, seit der Nacht, in der ich ihn getötet hatte.

»Es tut mir so leid, mein Engel ...«, fuhr er fort und starrte mich an. Tränen stiegen mir in die Augen. Mir tat es leid, statt an der Hand meines Vaters, mit der Lüge meiner Mutter aufgewachsen zu sein. Tot, ist er mein Kind, hatte sie gesagt, gestorben bei einem Verkehrsunfall, hatte ich geglaubt. Wie hätte ich ahnen können, dass mein Vater, dessen Bild ich jeden Abend vorm zu Bett gehen geküsst und den ich in mein Nachtgebet eingeschlossen hatte, währenddessen hinter dicken Mauern saß, mit einem vergittertem Ausblick in die schwarze Nacht hinaus. Der funkelnde Sternenhimmel in seinen Brillengläsern verwirrte mich.

»... ich hätte alles getan, nur um dich einmal in die Arme nehmen zu dürfen, dich zu spüren, an deinem Haar zu riechen ...«

Und ich hatte mir nichts sehnlicher gewünscht, als genau das, einen Vater mit starken Armen, der immer für mich da gewesen wäre. Der mein Knie pustete, wenn ich vom Fahrrad gefallen war oder der meine Tränen trocknete, wenn ich Liebeskummer hatte. Doch alles was mir von meinem Vater blieb, war ein kleines aus rotem Papier gefaltetes Origamiherz, das Mutter neben sein Bild in den Fotorahmen gesteckt hatte.

»Ich wusste damals nicht wie ich dich ansprechen sollte, mein Kind. Ich folgte dir eine ganze Weile, bis ich in der U-Bahn Station endlich all meinen Mut zusammennahm und auf dich zuging ...«

Meine Hände wurden nass, mein Puls hämmerte bei der Erinnerung an jenen Abend. Es war spät gewesen, ich war mit der letzten U-Bahn und ganz alleine an dieser gottverdammten Haltestelle angekommen. Als ich ausstieg, hörte ich seine Schritte. Er folgte mir. Ich lief schneller. Er beschleunigte ebenfalls. Meine Todesangst trieb mich an. Ich rannte vorbei an lachenden Gesichtern, die von Werbeplakaten herabschauten und beobachteten, was geschehen würde. Ich lief eine steile Treppe nach oben in die kühle Nacht hinaus. Er folgte mir noch immer und der Abstand zwischen uns verringerte sich. Als ich die oberste Stufe erreichte, entdeckte ich keinen einzigen Nachtspaziergänger, der mir vielleicht hätten helfen können. Stattdessen war die Stadt wie ausgestorben.

»... mein Engel, du warst nur noch eine Armlänge von mir entfernt, ich konnte dein Parfum riechen. Meine Zunge klebte an meinem Gaumen, ich hatte Angst und brachte keinen Ton über die Lippen. All die sorgfältig sortierten Worte, die ich dir sagen wollte, aufgereiht wie eine Perlenkette, dessen Faden plötzlich riss, sprangen durcheinander, rollten auf dem Boden davon und ich brachte nur noch ein heiseres Keuchen hervor.«

Ja, ich hatte sein Keuchen damals hinter mir gehört, hatte geglaubt gleich Opfer seiner Lust zu werden und wusste, dass ich ihm nicht mehr entkommen konnte. Also drehte ich mich blitzartig um und stieß in meiner Panik mit beiden Handflächen fest gegen die Brust des Mannes, der nur noch drei Stufen von mir entfernt war. Er hatte den Stoß nicht erwartet, taumelte und versuchte vergeblich, sich am Treppengeländer zu halten. Rücklings stürzte er die Treppe hinab, schlug mehrmals mit dem Kopf auf die Stufen und polterte nach unten. Mit verdrehten Gelenken blieb er auf den dreckigen Steinfliesen liegen. Sein Kopf blutete und eine gebrochene Rippe ragte aus seiner Seite hervor. Ich schaute mich entsetzt um. Es war kein Mensch weit und breit zu sehen gewesen, also rannte ich einfach nach Hause.

Am nächsten Tag wurde in der Tageszeitung von dem Toten in der U-Bahn berichtet. Die Polizei suchte Zeugen und ich das Weite. Der Name meines Vaters und das Geständnis meiner Mutter drohten mich gleichermaßen um den Verstand zu bringen. Das Nachtgebet für meinen Vater wich einem immer wiederkehrenden Traum voller roter Origamiherzen, die mit raubtierartigen Zähnen nach mir schnappten und in meine Seele bissen.

»Ich liebe dich, mein Engel«, sagte der Geist vor dem Kamin und ließ das rote Origamiherz zu meinen Füssen fallen. Ich zuckte zurück. Der Tote glitt zur Terrassentür.

Die Alte öffnete ihm. Der eisige Herbstwind blähte die Samtvorhänge in das Zimmer. Er schaute mich ein letztes Mal an und warf mir eine Kusshand zu. Dann schwebte er langsam den Gartenweg zwischen den Kürbisköpfen entlang. Als er an ihnen vorbeikam, erloschen die Kerzen eine nach der anderen, bis er schließlich in der Dunkelheit verschwand.

Meiner ersten Benommenheit folgte Panik. Ich erhob mich aus dem Ohrensessel und rannte los. Raus aus dem Haus der Alten, hinaus auf die Straße. Ich lief so schnell es meine zittrigen Knie zuließen. Die kalte Herbstluft schlug mir ins Gesicht. Das konnte nur ein übler Zaubertrick gewesen sein. Die alte Frau hatte mir bestimmt irgendetwas in den Tee gemischt. Es gab keine Geister, die an Halloween durch die Straßen fegten. Unsinn! Vater war definitiv tot, das hatten schließlich auch die Zeitungen damals geschrieben. Mein Laufrhythmus wurde ruhiger und gleichmäßiger, je weiter ich mich von dem Haus entfernte. Sobald ich zu Hause ankam, wollte ich ein heißes Bad nehmen. Und morgen würde ich mit dem Wagen nachschauen, ob es dieses kleine Haus am Waldrand überhaupt gab, oder ob ich es mir samt der Alten nur eingebildet hatte.

Noch hundert Meter, dann bog ich in die Reihenhaussiedlung, in der ich wohnte. Es war spät geworden, die Rollläden meiner Nachbarn waren bereits geschlossen und ihre Autos parkten in den Garagen. Die ausgehöhlten Kürbisköpfe in den Vorgärten lachten noch immer mit ihren Fratzen durch die Nacht. Geister! Ich schüttelte den Kopf und presste meine Hände gegen die Schläfen. Ich musste mit meinen Schuldgefühlen endgültig abschließen, ehe ich vollends verrückt wurde.

Ich lief bis an das Ende der Siedlung, bis zu meinem Haus und öffnete das Gartentor, griff in meine Jackentasche und zog den Schlüssel hervor. Bevor ich ihn in das Schloss stecken konnte, fegte eine Windböe durch die Straße. Sie riss eine grüne Gießkanne polternd mit sich und wirbelte verwelkte Blätter auf. Ich drehte mich erschrocken um und drückte mich mit dem Rücken gegen die Haustür. Plötzlich erloschen die Straßenlampen, eine nach der anderen. Es war totenstill und finster. Ich zitterte, tastete vergeblich nach dem Lichtschalter neben der Haustür. Mit einem Mal flammte eine Laterne nach der andern wieder auf, als ob nichts geschehen war.

»Das ist alles nur Einbildung«, versuchte ich mich zu beruhigen. »Vater ist tot! Es gibt keine Geister!« Doch dann fiel mein Blick zu Boden und ich war mir plötzlich gar nicht mehr so sicher. Denn vor meinen Füßen lag - ein kleines aus rotem Papier gefaltetes Origamiherz.

## *Stille Nacht, eisige Nacht*

Zwanzig Jahre hatte ich auf diesen Tag gewartet, Heiligabend in den verschneiten Bergen, weit weg von zu Hause. Ich stand in der Küche unseres rustikalen Blockhauses und pfiff ›*Oh, du Fröhliche*‹ mit dem Wasserkessel und dem Radio um die Wette. Schneeflocken wirbelten gegen die Fensterscheibe, türmten sich auf der Fensterbank und begruben sie unter einem dicken Polster. Auf dem See vor dem Haus bildeten sich die ersten Eiskristalle.

Im Wohnzimmer knisterten die Holzscheite im Kamin und mitten im Raum stand unser Weihnachtsbaum, geschmückt mit Holzfiguren und Bienenwachskerzen. Der würzige Duft von Lebkuchen und frischen Tannennadeln zog durch das Haus. Ich schloss die Augen und konnte es spüren - Weihnachten stand vor der Tür.

Drei Donnerschläge rissen mich jäh aus meinen Träumen. Jemand hatte gegen die Tür gehämmert. Ich schaute aus dem Küchenfenster, konnte aber nicht erkennen, wer draußen im Schneegestöber stand. Ruben war es jedenfalls nicht. Er hackte im Schuppen hinter dem Haus Feuerholz. Die Straßen waren seit Stunden verschneit und wenn dieser Besucher den mühsamen Weg zu uns herauf sogar zu Fuß auf sich genommen hatte, musste er einen triftigen Grund dafür haben. Ich trocknete meine Hände am Küchentuch ab und öffnete die Haustür.

Ein eisiger Wind wirbelte Schneeflocken herein, vorbei an einer Gestalt aus Pelz und Schnee. Der Schal war quer über das Gesicht gebunden und ließ nur einen schmalen Schlitz für die Augen frei. Ich erkannte sie sofort und erschauderte beim Anblick meiner verfrorenen Schwiegermutter Fiona mitsamt ihres Koffers, der neben ihr auf dem Boden stand.

»Überraschung!«, trällerte sie, packte ihr Gepäck und schob sich an mir vorbei in den warmen Flur. Ein Schlag ins Gesicht hätte in jenem Moment nicht grausamer sein können. Ich trat zur Seite und brachte keinen Ton über die Lippen.

»Was ist los? Mach den Mund zu und vor allem die Tür, Liebchen.«

Von wegen ›*Liebchen*‹, ich biss die Zähne aufeinander und schubste die Tür ins Schloss. Fiona wickelte sich aus ihrem Schal und schüttelte ihn aus. Die Schneeflocken schmolzen und spritzten wie feiner Sprühnebel aus einem Flakon. Einem Flakon voller Gift, dachte ich. Sie drückte mir ihre Garderobe in die Hand und betrachtete die Geweihe an den Wänden und die abgetretenen Stufenschoner auf der Treppe nach oben. Sie zupfte die Jacke ihres weinroten Twinsets enger über dem üppigen Busen zusammen, stolzierte an mir vorbei zur angelehnten Küchentür und spähte hinein. Fiona schüttelte den Kopf.

»Du kannst mir doch nicht allen Ernstes weismachen, dass ihr hier freiwillig Weihnachten feiern wollt.«

Doch, schrie eine Stimme in mir, doch, doch und noch mal doch. Jede noch so einsame Hütte wäre mir lieber gewesen, als unsere Wohnung in der Stadt. Fiona wohnte drei Häuser neben uns oder sollte ich sagen, sie war auf dem Einwohnermeldeamt drei Häuser neben uns gemeldet, denn sie lebte in unserer Küche, in unserem Wohnzimmer, auf unserem Sofa und nörgelte an allem herum. Manchmal erinnerte sie mich an ein umgestürztes Tintenfass, und ihre Nörgeleien waren die Tinte, die in jede Ritze unseres Lebens sickerte.

Seit inzwischen zwanzig Jahren feierte Fiona jedes Jahr Heiligabend mit uns. Dieses Jahr hatte ich Ruben angefleht, an Weihnachten fortzufahren. Es war nicht leicht gewesen ihn zu überzeugen, denn er wollte seine Mutter nicht verletzen. Fiona war schließlich auch drei Tage lang beleidigt gewesen und hatte sich nicht bei uns blicken lassen. Das waren für mich die drei schönsten Tage in der hektischen Vorweihnachtszeit gewesen.

»Was willst du hier?«, fragte ich Fiona, hängte ihren Mantel an die Garderobe und schob den Koffer zur Seite. Ohne mich zu beachten, betrat sie die Küche und schaute sich um. Ein Holzofen, keine elektrischen Küchengeräte und ein knarrender Dielenboden. Das Ferienhaus entsprach nicht im Geringsten ihren Ansprüchen und ihr Abscheu stand ihr auf der Stirn geschrieben.

»Liebchen«, sie wusste, dass ich es hasste, wenn sie mich so nannte, »sei so gut und bring mir eine Tasse Kaffee und von dem Gebäck, das hier so duftet.«

Ich hätte vor Verzweiflung heulen können. Trotzdem holte ich den Kaffee, eine Filtertüte und den Kaffeefilter aus dem Schrank und brühte das heiße Wasser über.

»Wie? Du hast hier noch nicht einmal eine Kaffeemaschine?« Fiona genoss die Situation. Verdammt noch mal, fluchte ich in Gedanken und hatte alle Mühe, meine Hände, die wie Schmetterlingsflügel flatterten, unter Kontrolle zu bekommen.

»Warum bist du gekommen?«

»Ach, Liebchen«, sie machte eine Kunstpause, damit das Wort seine volle Wirkung bei mir entfalten konnte, »ich wollte euch überraschen. Weihnachten ist doch das Fest der Familie. Nicht wahr, Liebchen?«

Ich knirschte mit den Zähnen. Fiona setzte sich auf einen der geschnitzten Holzstühle und rümpfte die Nase.

»Wenn ich mir da bloß keine Laufmasche hole.«

Tränen stiegen mir in die Augen. Ich holte die schäbigste Bechertasse aus dem Schrank und donnerte sie vor meiner Schwiegermutter auf die Tischplatte.

»Danke, Liebchen!«, lächelte sie. »Wann werden wir

heute zu Abend essen?«

Wir? Kein Zweifel, sie beabsichtigte zu bleiben! Im Radio sang ein Tenor ›*Alle Jahre wieder*‹. Wie recht der Mann hatte, schoss es mir durch den Kopf. Alle Jahre wieder quälte uns Fiona mit ihren Weihnachtsriten. Wir aßen Gans mit Knödeln und Rotkraut, schmückten unseren Weihnachtsbaum mit Kilo schweren Lamettabündeln, banden Fionas blinkende Lichterkette um den Baum und mussten das Weihnachtsoratorium anhören. Anschließend quälte sie uns mit Geschichten aus ihrer Kindheit.

»Und«, drängte Fiona, »hast du die Gans schon ausgenommen?«

Sie schaute zu dem Topf, der auf dem Holzofen köchelte und schnupperte. Eher wollte ich tot umfallen, als freiwillig eine Gans zu servieren. Dieses Jahr sollte es Rosenkohlcreme, Wildschweingulasch mit Nudeln und zum Dessert eine Crème Caramel geben. Plötzlich stand Fiona auf, ging zum Herd und hob den Topfdeckel in die Höhe. Ich spürte ihre Worte bereits wie Hagelkörner auf mich einschlagen.

»Gulasch? Du willst doch nicht allen Ernstes an Heiligabend ...«

Was sie dann noch sagte, hörte ich nicht mehr. Ich packte eine der gusseisernen Pfannen, die an der Wand hingen, und war erstaunt, wie leicht sie in der Hand lag ...

Fiona sackte wie ein Käsesoufflé zu Boden. ›*Alle Jahre und nie wieder*‹ stimmte ich in den Refrain des Tenors mit ein. Plötzlich knarrte die Hintertür im Flur und ich hörte Ruben, den Schnee von seinen Stiefeln abklopfen.

»Ho, ho, ho, drauß' vom Schuppen komm ich her ...«, rief er.

»Herrje, ... ich muss euch sagen, das passt mir nicht sehr!«, vervollständigte ich leise den Vers, stieg über Fiona und hastete in den Flur. Ich musste Ruben aufhalten, brauchte Zeit, um mir etwas zu überlegen.

»Das ... ging aber ... schnell«, stammelte ich.

»Bitte?«, fragte er und stellte den Korb mit Feuerholz ab. »Ich hacke seit einer Stunde Feuerholz und du loderst nicht vor Sehnsucht nach mir?« Ein verführerisches Grinsen huschte über sein Gesicht. Ich hätte mich vergessen und in seine Arme werfen können, wäre nicht seine Mutter tot vor dem Herd gelegen.

Er streifte seine verschneiten Schuhe ab, zog Handschuhe und Anorak aus und schob mich in Richtung Küche.

»Und jetzt brauche ich einen heißen Kaffee.«

»Nein!«, rief ich.

»Was heißt hier nein?«, er kniff mich in die Seite und lächelte.

»Hast du etwa ein Rendezvous mit dem Weihnachtsmann in der Küche, während ich in der Kälte Feuerholz für mein geliebtes Weib hacke?« Ruben grub seine kalte Nase in meine Halsbeuge und küsste mich.

»Nein ... ich ... ähm ... das gibt eine Weihnachtsüberraschung.«

»Gut, dann gehe ich duschen und wenn ich wieder komme, muss sich der Weihnachtsmann auf etwas gefasst machen.« Ruben lächelte, küsste mich und ging nach oben. Ich hetzte wie ein aufgescheuchtes Moorhuhn in die Küche und überlegte wie ich die Alte loswerden konnte. Sie musste aus dem Haus, ehe Ruben zurückkehrte. Ich packte Fionas Arme und zerrte sie in den Flur, nahm ihren Koffer, den Mantel und ihren Schal und schlüpfte in meine Stiefel. Ich öffnete die Haustür. Ein eisiger Wind wehte mir entgegen und wirbelte Schneeflocken ins Haus. Ich zerrte Fiona über die Türschwelle, zog sie an der Hauswand entlang bis um die Ecke. Dort legte ich sie an der Wand unter dem Wohnzimmerfenster ab. Ich wusste, Tote frieren nicht, aber ich brachte es nicht übers Herz, sie einfach so in der Kälte abzulegen und hängte ihr Schal und Mantel um ihre Schultern. Dann hastete ich ins Haus zurück und zog meine Stiefel aus. Um die Leiche wollte ich mich später kümmern.

In Windeseile deckte ich die Festtafel im Wohnzimmer, streute kleine Goldsternchen auf die weinrote Tischdecke, zündete eine Kerze an und entkorkte den Wein. Es wurde dämmrig draußen. Das Feuer knisterte im Kamin. Ruben kam aus der Dusche zurück und duftete nach Moschus. Ich schloss die Augen und genoss dieses wohlige Gefühl von Weihnachten und Frieden. Ruben nahm mir gegenüber an dem festlich gedeckten Tisch Platz und zwinkerte mir zu.

»Hast du unseren Besucher fortgeschafft?«

»Wen?«, mir gefror der Atem. Ruben lachte und erhob sein Glas.

»Na, den Weihnachtsmann!«

Ich nickte erleichtert und wir stießen an. Ich legte meine Lippen an das dünne Glas, nippte an dem Wein und verschluckte mich, als ich hinter Rubens Rücken draußen vor dem Fenster eine knochige Hand erblickte, die sich in das weiße Schneepolster der Fensterbank krallte.

»Was ist? Schmeckt der Wein etwa nach Korken?«, fragte Ruben.

»Äh ... nein.« Draußen tauchte eine zweite Hand auf der Fensterbank auf.

»Sicher?«

»Ja, alles wunderbar«, stammelte ich und beobachtete, wie sich Fionas Kopf über die Fensterbank emporschob. Ihre Haare waren mit Pulverschnee bedeckt. Ihr Gesicht wirkte im Lichtschein weiß wie der Tod. Ihre tiefblauen Lippen formten sich zu Worten, die keiner hörte, aber ich war mir sicher, dass sie Liebchen gerufen hatte. Der Mantel lag wie ein verschneites Bärenfell auf ihren Schultern. Ich konnte mich nicht bewegen und starrte auf dieses bizarre Schauspiel.

»Was ist denn los mit dir?«, Ruben wurde unruhig. Sein Blick folgte dem meinem, er drehte sich zum Fenster und für den Bruchteil einer Sekunde befürchtete ich, er hätte vielleicht noch den Kopf seiner Mutter gesehen, ehe sie wie eine Marionette in sich zusammengesackt war. Ruben wand sich wieder mir zu und lächelte.

»Lass uns den Abend genießen«, sagte er und nahm eine große Portion Gulasch. Mir blieb jeder Bissen im Hals stecken. Was sollte ich tun, wenn Fiona plötzlich an die Scheibe hämmerte? Jedes Mal, wenn die Holzläden vom Wind erfasst wurden, hörte ich sie im Geiste klopfen.

Als wir fertig gegessen hatten, erhob sich Ruben und verschwand mit der Entschuldigung, die letzten Päckchen für die Bescherung packen zu müssen, nach oben. Dieses Jahr war ich froh über seine Vergesslichkeit, denn ich hatte auch noch etwas zu erledigen. Kaum war Ruben aus dem Zimmer, schlüpfte ich in meine Stiefel, nahm die Pfanne und stürmte aus dem Haus.

Eine halbe Stunde später saßen Ruben und ich wieder im Wohnzimmer vor dem Weihnachtsbaum. Die Kerzen flackerten, der Kamin knisterte und eine wohlige Wärme strömte durch meinen Körper, nur die Finger waren noch kalt. Draußen war es finster geworden und aus dem Radio säuselte eine Sopranistin ›*Leise rieselt der Schnee ...*‹ zum Glück auch bei uns, dachte ich, dann werden bis morgen hoffentlich alle Spuren verschwunden sein, ›... *still und starr ruht der See ...*‹ und mit ihm Fiona und die Pfanne. Frieden auf Erden.

## *Assolo mortale (tödliches Solo)*

Ich höre Ewalds Gesang noch heute aus dem Badezimmer hallen. Jeden Samstagnachmittag, wenn er in der Badewanne saß, stimmte er sein Lieblingslied an. Wenn er schließlich den Solopart des Stückes intonierte, schlug er mit seinen Handflächen den Takt auf dem tannengrünen Badewasser mit. Seine Stimme klang kräftig und sonor und wenn man die Augen schloss, glaubte man einen jungen Gott singen zu hören. Und wenn seine Gottheit die wöchentliche Gesangsaufführung beendet hatte, durfte ich anschließend die Überschwemmung im Badezimmer aufputzen.

Ewald liebte das Singen. Seine wöchentlichen Chorproben waren ihm heilig und es gab absolut nichts, was ihn davon hätte fernhalten können. Wir hatten deswegen auch schon den ein oder anderen Streit gehabt. So wie damals, als ich die Kellertreppe hinabgestürzt war. Ich hatte mir ein Bein gebrochen und kam alleine nicht wieder auf die Füße. Ewald fluchte, da er auf dem Weg zur Probe gewesen war. Er alarmierte den Notarzt, legte mir behutsam eine Decke unter und ließ die Haustür für die Rettungskräfte angelehnt. Und während er mit dem Chor probte, wurde ich notoperiert.

Ewald meinte, es sei wichtig, dass er regelmäßig zu den Chorproben ginge, denn nur dann habe er eine Chance bei der bevorstehenden Konzertreise des Chores quer durch Europa, als Solist eingesetzt zu werden. Allein der Gedanke, dass mein Mann sein samstägliches Badewannensolo auf internationalen Bühnen zum Besten geben sollte, stimmte mich versöhnlich. Mehr als das, ich war begeistert und wollte mir dieses einzigartige Schauspiel auf keinen Fall entgehen lassen. Kurzerhand beschloss ich, den Chor zu begleiten. Irgendjemand musste sich unterwegs schließlich um die Bedürfnisse der Männer kümmern. – Nein, nicht das was Sie denken! – Ich dachte da vielmehr an Hemden aufbügeln, Flecken aus den Anzügen entfernen oder lose Knöpfe annähen.

Die Vorbereitungen für die Konzertreise liefen auf Hochtouren. Flüge wurden gebucht, Hotels reserviert und die Chorproben verdoppelt. Ewalds Ehrgeiz kannte keine Grenzen. Ich hörte davon, dass er sich bei dem Chorleiter einschmeichelte, indem er die Stühle vor den Proben im Halbkreis aufstellte, die Notenblätter verteilte und sobald dem Dirigent die Stimmgabel zu Boden fiel, sprang er sofort von seinem Stuhl in die Höhe, und hob sie auf.

Komisch, zu Hause war er nicht so agil. Da wurden seine chronischen Gelenkschmerzen schnell unerträglich und ich musste sogar die schweren Getränkekästen selbst schleppen. Seiner Meinung nach habe die Natur die Frauen extra mit breiteren Hüften gesegnet, damit sie beim Tragen der Wasserkisten das Gewicht besser darauf abstützen können. Ewald konnte dermaßen widerwärtig sein und dennoch wünschte ich mir nichts sehnlicher, als dass er das Solo auf der Konzertreise singen durfte.

Während mein Mann in den folgenden Wochen mit dem Chor probte, nutzte ich jede Minute, um meine eigenen Reisevorbereitungen zu treffen. Als allererstes musste ich das freudige Ereignis den Frauen meines Canastaclubs unter die Nase reiben. Ihre neiderfüllten Blicke entlockten mir die farbenprächtigsten Übertreibungen.

Der wichtigste Teil meiner Vorbereitungen stellte jedoch der Einkauf passender Abendgarderobe dar, denn ich, die Gattin des Solisten, konnte doch unmöglich im kleinen Schwarzen vor die Presse treten, da bedurfte es wirklich mehr.

Der Tag unserer Abreise nach England war getrübt, denn statt Ewald hatte Justus Rennzack die Solostimme bekommen. Enttäuscht stieg ich mit dem Chor in einen Billigflieger nach Manchester. Ich war noch nie zuvor geflogen und hatte ein mulmiges Gefühl. In dem Flugzeug war es fürchterlich eng. Schon als ich mich im Gänsemarsch durch den Kabinengang zu unseren Sitzplätzen durchschlängelte, spürte ich einen Kloß in meinem Hals. Er saß genauso fest, wie ich zwischen all den Passagieren, die ihre Taschen und Jacken in die Gepäckfächer über den Sitzreihen verstauten. Das beengte Gefühl schnürte mir die Luft ab und plötzlich stand mein Entschluss fest. Ich musste schnellstmöglich wieder aus dem Flugzeug raus. Aber ich war zwischen den Passagieren eingekeilt, es gab kein Entkommen. In meiner Verzweiflung spielte ich kurz mit dem Gedanken eine Ohnmacht oder eine Geiselnahme vorzutäuschen, um dann wenigstens von der Besatzung von Bord gebracht zu werden. Mein panischer Blick und meine zunehmend feuchter an mir klebende Bluse mussten der Stewardess aufgefallen sein.

»Alles in Ordnung?«, fragte sie mich zuckersüß. Die Worte »Ich-will-hier-raus!« lagen bereits auf meiner Zunge, doch als ich Ewalds dämlich sabbernden Blick sah, der direkt im Dekolleté der jungen Frau verschwand, schluckte ich sie herunter. Stattdessen rang ich mir ein gequältes Lächeln ab und versetzte meinem Mann, der vor mir den Kabinengang entlang lief, einen derben Stoß in die Nieren.

Als schließlich alle Fluggäste ihre Plätze eingenommen hatten, lief die Stewardess ein letztes Mal den Gang entlang und kontrollierte, ob die Gepäckfächer über unseren Köpfen verschlossen waren. An unserer Sitzreihe blieb sie stehen und beugte sich weit zu mir nach vorne und erkundigte sich, ob bei mir wirklich alles in Ordnung sei. Ihr Dekolleté bot dabei einen Anblick, den Ewald mit einem heftigen Schlucken kommentierte. Ich lächelte und nickte hastig in der Hoffnung, dass sie endlich weiterging, ehe meinem Mann die Augäpfel vollends herausquollen.

Die Warnhinweise ›no smoking‹, Rauchen einstellen, und ›fasten your seat belts‹, bitte anschnallen, leuchteten über dem Sitz meines Vordermannes auf. Mir fehlte ein dritter Warnhinweis ›Flucht nunmehr unmöglich!‹

Den Start und eine karge, nach Pappe schmeckende Zwischenmahlzeit hatte ich mit schweißnassen Händen überstanden, aber als dann plötzlich diese harmlosen Turbulenzen, wie der Pilot sie nannte, aufkamen, konnte ich den Kloß in meinem Hals nicht länger unter Verschluss halten. Hätte mir vorher jemand etwas von der kleinen Tüte gesagt, die für solche Zwecke in der Rückenlehne des Sitzes vor mir steckte, wäre manches anders gekommen.

Ich würgte. Ewald tobte. Die Stewardess kam sofort herbeigeeilt und fuhrwerkte mit Lappen und Tüchern, bis das Gröbste meines Mageninhaltes aufgewischt war. Ewald starrte ihr dieses Mal nicht in den Ausschnitt. Er schämte sich meinethalben viel zu sehr und sein Gesicht glühte puterrot.

Nach einem schweigsamen Weiterflug landeten wir in Manchester. Wir wurden vom Flughafen mit einem Bus abgeholt und linksspurig direkt zu unserem Gastgeber, Lord Swiffelbottom, gebracht. Sein Castle lag am Rande des Peak District Nationalparks.

Die etwa halbstündige Busfahrt machte meinem Magen erneut zu schaffen. Mit jeder Kurve wuchs der Kloß in meinem Hals und trat seinen Weg nach oben an.

Ewald drehte mir demonstrativ den Rücken zu und sprach kein Wort mit mir. Meine Entgleisung im Flugzeug war ihm noch immer sichtlich peinlich.

Lord Swiffelbottoms Castle entsprach allen Vorstellungen, die man sich als Tourist von einem englischen Schloss macht. Das sandfarbene Gemäuer bestand aus unzähligen Klinkersteinen und erstreckte sich über zwei Stockwerke. Links und rechts neben dem schweren Holzportal ragten zwei Türme mit Zinnen in den grau bedeckten Himmel empor. Zwei kleinere Abbilder der Türme rundeten die Seitenflügel des Anwesens ab. Die weiß gerahmten Fenster standen vereinzelt offen und seidige Vorhänge blähten sich neugierig nach draußen. Der Bus fuhr über einen feinen Kiesweg, umrundete ein Rosenrondell, das mit einer großgliedrigen Eisenkette in Knöchelhöhe eingezäunt war und stoppte vor dem Hauptportal des Schlosses.

Lord Swiffelbottom hatte bereits vor dem Portal auf uns gewartet. Links und rechts neben ihm postierten sich jeweils vier Hausangestellte. Die Frauen trugen schwarze Minikleider, weiße Schürzen und ein weißes Häubchen auf dem Kopf. Die Männer trugen schwarze Anzüge, Lackschuhe und weiße Handschuhe.

Ein Raunen zog durch den Bus. Die Sänger waren beeindruckt. Ich fühlte mich wie Queen Elisabeth bei einem ihrer Staatsbesuche. Ich wollte gerade die Hand zum Gruß erheben, als mir plötzlich wieder mein Rock einfiel, der noch immer diese unappetitlichen Spuren unserer Reise trug.

Ein Anflug von Panik überfiel mich. Ewald war bereits aufgestanden und kramte im Gepäckfach über unseren Köpfen. Ich zerrte an seinem Hosenbund, bat ihn um Hilfe, aber er ignorierte mich und verließ im Gänsemarsch mit den Sängern den Bus. Lord Swiffelbottom war an den vorderen Ausstieg des Busses geeilt und begrüßte jeden seiner Gäste per Handschlag und mit einer angedeuteten Verbeugung. Der Bus leerte sich zusehends. Ewald schob sich Schritt um Schritt auf den Ausgang zu. Am liebsten hätte ich mich unter einem der Sitze verkrochen. Ich konnte unmöglich in dieser Aufmachung dem Lord unter die Augen treten und Ewald, dieser Mistkerl, er ließ mich einfach hier sitzen. Mit jedem Sänger, der den Bus verließ, wurde mir elender zumute. Doch dann hatte ich eine Idee. Ich sprang auf, legte meinen Mantel quer über den Unterarm und hielt ihn vor meinen Rock, um wenigstens die schlimmsten Flecken zu kaschieren. Ich hetzte Ewald hinterher und drängte mich dicht an ihn.

Wir verließen den Bus als letzte. Lord Swiffelbottom drückte Ewalds Hand und begrüßte ihn mit einem Lächeln und einigen Worten auf Englisch, die ich nicht verstand. Dann erblickte er mich, beugte sich ein wenig nach hinten, breitete die Arme aus und ein unwiderstehliches Lächeln huschte von der linken gezwirbelten Bartspitze bis hinüber zu der rechten. Er war ein attraktiver Mann. Lachfältchen rund um seine Augen und Mundwinkel zierten sein Gesicht. Schließlich streckte er mir die Hand entgegen und ich bemerkte meinen Fehler. Es wäre an mir gewesen, seine Geste zu entgegnen, aber das war unmöglich. Ich hatte den Mantel auf meinen rechten Unterarm gelegt und hätte Lord Swiffelbottom nur mit meiner linken Hand begrüßen können. Obwohl – in England herrscht ja auch Linksverkehr.

Mir wurde heiß, meine Gesichtsfarbe wechselte von Elfenbein bis hin zu weinrot. Ewalds schadenfrohes Grinsen riss mich aus meiner Starre. Ich warf den Kopf in den Nacken und hielt meine linke Hand frech unter Lord Swiffelbottoms Nase und erhielt den erhofften Handkuss. Stilecht und galant verbeugte er sich vor mir und spätestens jetzt musste er geradewegs die Flecken entdecken, die ich mit dem Mantel nicht völlig abdecken konnte, oder sie wenigstens erschnuppern. Er war zum Glück Gentleman genug, um darüber hinwegzugehen. Ein schelmisches Grinsen flog über seine Lippen. Ich zwinkerte ihm zu und machte ihn zu meinem Verbündeten.

Lord Swiffelbottom hakte mich unter und geleitete mich wie eine Lady durch das Portal seines Castles. Der Chor folgte uns und ich erahnte Ewalds Blicke, die er sicherlich wie Dartpfeile auf meinen Rücken abschoss. Ich lächelte. Lord Swiffelbottom hatte mich aus dieser misslichen Lage gerettet. Er war eben durch und durch ein Mann edlen Geblüts, der seiner Frau die Getränkekästen sicherlich sonst wohin trug.

Ritterrüstungen und Ahnenportraits schmückten die große Empfangshalle des Schlosses. Eine gewaltige Treppe, in Form eines Ypsilons, verlor sich ins Obergeschoss. Das Gemurmel der Sänger hallte durch das Gemäuer. Die Dienstboten geleiteten uns in die Gästezimmer nach oben. Nach einer kleinen Verschnaufpause und einem Imbiss im Salon begannen die Proben für das Konzert.

Am Abend versammelten sich geladene Gäste des englischen Adels im Schlosssaal. Bis in den letzten Winkel standen wuchtige Holzstühle, die mit Schnitzereien verziert und rubinrotem Samt gepolstert waren.

Die Gäste nippten hochnäsig an ihren Begrüßungscocktails, tauschten Handküsse und Freundlichkeiten aus und nahmen schließlich ihre Plätze ein. Der Chor stimmte die ersten Töne an und ich ärgerte mich, denn wäre Justus Rennzack nicht gewesen, hätten sie alle meinen Ewald singen hören können. Doch nun blieb sein göttliches Solo vorerst noch unser samstägliches Badetaggeheimnis.

Das Konzert war herzerweichend. Die Stimmen der Männer hallten durch den prunkvollen Saal und jagten vermutlich eine Gänsehaut über die Rücken aller Gäste. Lord

Swiffelbottom hatte mich gebeten, zu seiner Linken in der ersten Reihe Platz zu nehmen. Meine Verlegenheit darüber dokumentierte sich mit einer tiefen Röte auf meinem Gesicht, die ich mit einem nervösen Fächeln meines Programmheftes zu vertreiben suchte. Zwischen den einzelnen Gesangsstücken beobachtete Ewald mich mit grimmiger Miene. Das wiederum gefiel mir und ich tätschelte provokativ das ein oder andere Mal Lord Swiffelbottoms Oberschenkel.

Ewald kochte. Wahrscheinlich hätte ich den ganzen Abend an der Seite eines mir schmeichelnden Lords genossen und den einen oder anderen wichtigen Kontakt mit dem englischen Hochadel schließen können, wäre da nicht mein Abendkleid gewesen.

Ich hatte mir für jeden Auftritt unserer Konzertreise ein exquisites Kleid gekauft. Zugegeben, man konnte darüber streiten, ob Ewald mit seinem Protest recht gehabt hatte, aber ich empfand es als unangebracht, dass er mit der Taschenlampe in der Papiermülltonne nach dem zerknüllten Kassenbeleg gesucht hatte. Als er ihn schließlich fand, strich er ihn mit dem Handrücken glatt und erblickte den Betrag. Sein Tobsuchtsanfall war unausweichlich gewesen. Manchmal konnte er richtig kleinlich sein. Dank meiner Hartnäckigkeit brachte ich die Kleider nicht wieder in den Laden zurück und um sicher zu gehen, dass nicht Ewald diese Aufgabe hinter meinem Rücken erledigte, versteckte ich sie auf dem Dachboden.

Für die Aufführung in Lord Swiffelbottoms Castle hatte ich ein langes tannengrünes Paillettenkleid mit aufwendiger Stickerei an den Ärmeln und dem Rocksaum ausgewählt. Es schmeichelte meiner nicht mehr ganz taufrischen Figur und kaschierte die Rundungen meiner Hüften. Allerdings nur bis zu jenem Moment, da die Zuschauer am Ende des Konzerts von ihren Plätzen aufsprangen und voller Begeisterung applaudierten. Ich sprang auch auf, verhedderte mich jedoch mit dem Rocksaum in den Schnitzereien des Stuhles. Ich hörte ein entsetzliches Ratschen, als ob ein Klettverschluss geöffnet würde, und spürte zeitgleich etwas an meinem Beinen nach unten gleiten. Mein Blick und der meiner Sitznachbarn folgte dem grünen Stück Stoff, das sich von der Naht an der Taille gelöst hatte und nun um meine Knöchel auf dem Boden lag. Da waren sie plötzlich nicht mehr kaschiert, meine runden Hüften, sondern weiß und üppig und für jeden sichtbar.

Lord Swiffelbottom bückte sich geistesgegenwärtig und half mir, den abgetrennten Rock über die Hüften zu ziehen. Mit blutrotem Kopf blickte ich in seine Augen. Trotz aller Höflichkeit konnte er das Lachen kaum unterdrücken. Dann blickte ich zu Ewald. Er schlug die Hände vor seinem Gesicht zusammen. Seine Sängerkameraden drehten sich zur Seite, doch ihre zuckenden Schultern sprachen Bände.

Ich packte meinen Rock und rannte aus dem Saal, hinauf in unser Schlafgemach und verriegelte die Tür. Tränen brannten auf meinen Wangen. Ich schämte mich und wünschte mich in das dunkelste Verlies dieses Castles. Meine Gedanken jagten wie Moorhühner über die nahegelegene Sumpflandschaft. Ich musste hier raus, ehe Ewald kam und mich mit seinen Beschimpfungen noch weiter demütigen würde. Hastig zog ich mich um und floh, ohne dass mich jemand bemerkte, aus dem Schloss hinaus in die Dunkelheit.

Die kühle Luft tat gut. Für einen kurzen Moment vergaß ich meinen peinlichen Auftritt und lauschte den Geräuschen der Nacht. Ich lief über den knirschenden Kies und bog in einen angrenzenden Rundweg durch das Moor. Der Mond beschien mit seinem gelben Käsegesicht einen schmalen, mit Holzdielen ausgelegten Pfad. Ein verwitterter Wegweiser zeigte in die Dunkelheit. Ich folgte dem Weg und fragte mich, was das Wort D-A-N-G-E-R auf dem Schild zu bedeuten hatte. Diese verrückten Engländer, hätten sie eine deutsche Übersetzung dazu geschrieben, wäre der Abend anders verlaufen ...

Ich spazierte über den Holzweg, stets darauf bedacht, nicht in die kleinen schlammigen Pfützen neben dem Pfad zu treten. Ich vergaß die Welt um mich herum, genoss die frische Luft, die meine glühenden Wangen inzwischen wieder gekühlt hatte.

Plötzlich hörte ich Schritte hinter mir auf den Holzdielen. Ich drehte mich um und erkannte die Silhouette eines Mannes, der schnell näher kam. Er rief mir etwas zu, das ich nicht verstand, gestikulierte aufgeregt und griff sogar nach mir. Ein Überfall kam mir gerade noch recht! Ich stieß den Mann kurzerhand mit beiden Händen von mir. Er taumelte, schrie auf und klatschte rücklings in das schlammige Moor. Mit seinen Armen ruderte er durch die Luft und suchte verzweifelt nach Halt. Die Beine versanken unter einer im Mondschein schwarz erscheinenden Wasseroberfläche. Ich musste an die Fango Packungen denken, die ich letztes Jahr von meinem Arzt verschrieben bekam.

»Hilf mir!«, schrie der Mann und versuchte sich aus der schwarzen Brühe zu befreien. Seine Hände klatschten auf das Wasser. Genau wie Ewald, wenn er sein Solo in der Badewanne schmetterte. Wenigstens musste ich hier im Anschluss keine Sauerei aufwischen.

»Erika, ich versinke, um Gottes willen hilf mir doch!«

Der Mann war Justus Rennzack. Ich erkannte ihn an seiner Stimme.

»Justus, was machst du denn hier draußen?«

»Ich wollte nach dir schauen, weil dein Mann es nicht

für nötig hielt, sich um dich zu kümmern. Oh, mein Gott, ich sinke ... bitte, hilf mir.« Das war typisch für Ewald. Er hatte keinen einzigen Gedanken an mich verschwendet.

»Erika, um Himmels willen, so hilf mir doch endlich!« Justus klatschte wild mit den Händen auf das Wasser.

»Ach, Justus, jetzt stell dich nicht so an. In einem Moor versinkt man nicht so einfach. Das ist doch nur ein Klischee aus Kriminalromanen. Wusstest du, dass Moore selten tiefer als einen Meter sind? Wie bitteschön willst du darin ertrinken? Männer, wie wehleidig und zimperlich ihr doch seid!«

Justus begann zu fluchen und sank dabei immer tiefer in den Morast ein. Er steckte inzwischen schon bis zum Bauchnabel fest und ich war mir plötzlich gar nicht mehr sicher, ob das Ertrinken im Moor tatsächlich nur ein Krimiklischee war. Ich wollte dann doch Hilfe holen, aber der Mann sank verdammt schnell. Die Zeit würde nicht ausreichen.

Justus beschimpfte mich und verteidigte Ewald. Er könne inzwischen verstehen, dass ich ihn in den Wahnsinn triebe. Gut, sagte ich mir, der Mann stand unter Stress, da konnte man ihm das eine oder andere verzeihen. Ich blickte mich um, suchte nach einem Ast oder etwas anderem Brauchbaren, womit ich ihn aus dem Sumpf ziehen konnte. Aber außer Heidekraut und Gras gab es hier keine Bäume oder Sträucher. Ich wusste nicht, was ich tun sollte. Als Justus schließlich anfing, auf meinen Ewald zu schimpfen, weil er mich überhaupt auf diese Konzertreise mitgenommen hatte, war Schluss mit lustig. Ich verschränkte die Arme vor der Brust und wartete. Justus sank tiefer und tiefer. Dabei verfluchte er mich und meinen Ewald immer fort.

Je wüster er schimpfte, desto gelassener beobachtete ich seinen Untergang. Nachdem die letzten Blubberblasen durch den Morast nach oben sprudelten, wurde es still. Der Mond spiegelte sich in der Wasseroberfläche. Eine Nebelschwade kroch von Norden her über das Moor. Es wurde Zeit, wieder in mein Zimmer zu gehen, ehe Ewald und die anderen Sänger meinen nächtlichen Ausflug bemerkten. Ohne mich umzudrehen, balancierte ich über den Holzsteg zurück in den Schlosspark. Als ich wieder an dem Wegweiser mit diesem geheimnisvollen Wort DANGER vorbeikam, vermutete ich, dass es vielleicht so etwas wie ›Vorsicht‹ oder ›Gefahr‹ bedeuten könnte. Wie auch immer, für Ewald taten sich nun ganz neue Perspektiven auf. Beinahe froh gelaunt rannte ich durch die Schlosshalle hinauf in unser Zimmer und legte mich schlafen.

Der Chor und die adligen Gäste tanzten und feierten noch immer ausgelassen im Schlosssaal. Die Musik und die Stimmen drangen durch das geöffnete Fenster in mein Zimmer und trugen mich in das Reich der Träume.

Am nächsten Morgen, dem Tag unserer Weiterreise nach Paris, herrschte allgemeine Aufregung unter den Chorsängern. Justus Rennzack war verschwunden. Ewald war ganz aus dem Häuschen und begriff nicht, wie ich so ruhig bleiben konnte. Aus Scham, wegen meines peinlichen Auftrittes am Vorabend, nahm ich nicht am Frühstück teil und ließ mir Kaffee, Speck und Rühreier auf mein Zimmer bringen. Ich hatte keinen Bedarf an neuen Peinlichkeiten und in der allgemeinen Aufregung um Justus Verschwinden kümmerte sich sowieso niemand um mein Fehlen.

Ich packte in Ruhe unsere Koffer und schmunzelte dabei vor mich hin. Jetzt würde mein Ewald doch noch zu seinem Gesangssolo kommen und ich ein Stückchen weiter ins Rampenlicht rücken. Sobald sich der Tumult im

Chor gelegt hatte, würde Ewald mein Engagement sicherlich zu schätzen wissen.

Der Chor und Lord Swiffelbottom suchten Justus überall, aber es blieb ihnen nicht genügend Zeit, da unser Bus bereits am Vormittag zum Flughafen abfuhr. Der Lord versprach sich um die Angelegenheit zu kümmern. Er wollte die Polizei informieren, das Moor absuchen lassen und uns umgehend Bescheid geben, sobald es Neuigkeiten gäbe. Der Chor reiste nur widerwillig ab. Ich musste mich bemühen, mein zufriedenes Lächeln unter Kontrolle zu bekommen. Ewald sprach auch während dieser Busfahrt zum Flughafen kein Wort mit mir, aber das war auch gut so, er musste seine Stimmbänder für das bevorstehende Solo in Paris schonen. Ich war so stolz auf ihn. Der Bus brachte uns nach Manchester an den Flughafen. Von dort aus ging es im Eiltempo nach Paris.

P-a-r-i-s, allein das Wort zerging wie ein Sahnebonbon auf meiner Zunge. Ich schloss die Augen und träumte während unseres Bustransfers zum Hotel von einem romantischen Urlaub in der Stadt der Liebe. Das zuerst leise Schnarchen meines Mannes, das inzwischen zu einem Fortissimo angeschwollen war, riss mich aus meinen Träumen. Ich schaute zu Ewald hinüber. Seinen Kopf hatte er nach hinten gelehnt und sein Unterkiefer war nach unten geklappt. Mit jedem Einatmen röchelte er und mit jedem Ausatmen blähten sich seine Wangen auf und entließen die Atemluft mit einem lauten Zischen. Bei diesem Anblick zerplatzen meine romantischen Träume wie Seifenblasen.

Unser Hotel lag irgendwo in einer kleinen Seitengasse am Montmartre. Wir zuckelten mit dem Bus durch dicht befahrenen Straßen. Während ich jede Kleinigkeit der Stadt in mich aufsog, lümmelten sich Ewald und seine

Chorkameraden müde in die Sitzpolster. Erst als wir den Boulevard de Clichy entlang fuhren, vorbei am Moulin Rouge, mitten hinein in das berühmteste Rotlichtviertel von Paris, kam Leben in die müden Männer. Eine junge Asphaltschwalbe in rotem Lackminikleid, Netzstrümpfen und High Heels schlenderte lasziv über das Trottoir und schlenkerte dabei mit ihrer Handtasche. Die braven Sängerknaben hielt nun nichts mehr auf ihren Plätzen. Sie stürzten alle auf die eine Seite des Busses, pressten ihre Nasen gegen die Fensterscheibe und starrten der Frau lechzend hinterher. Instinktiv lehnte ich mich in die entgegengesetzte Richtung, um den Bus auszubalancieren.

In unserem Hotel angekommen, machten wir uns frisch und wurden wenig später von M. Dupont abgeholt. Er war ein Studienkollege unseres Dirigenten und unser Gastgeber in Paris.

In seinem kleinen Theater irgendwo in den Gassen des Montmartre bereitete sich der Chor für seinen zweiten Konzertauftritt vor. Die Sänger nahmen ihre Plätze auf der Bühne ein und Wolfram, unser Dirigent, wählte einen neuen Solisten aus, der nach Justus Verschwinden für ihn einspringen sollte. Meine feuchten Finger wischte ich an dem eleganten weinroten Samtkleid ab, das ich mir für Paris gekauft hatte. Ich tauchte fast nahtlos in den ebenfalls weinroten Sitzpolstern des Zuschauerraums ein und wartete darauf, dass Ewald nun endlich seine Solostimme zugewiesen bekam. Als er aber wieder seinen Platz im ersten Tenor einnahm und August wie ein Honigkuchenpferd strahlte, wusste ich sofort, dass Ewalds samstägliche Soloarie auch bei diesem Konzert nicht zum Besten gegeben würde.

Ich war am Boden zerstört, wäre am liebsten aufgesprungen und hätte Galle gespuckt. Stattdessen blieb ich sitzen, lauschte der Probe und krallte meine Fingernägel in die Armlehne.

Die ersten Besucher betraten den Saal, suchten ihre Plätze, zückten Operngläser und verstummten, als sich der Vorhang endlich hob. Eine bitterböse Idee keimte in meinem Kopf und ließ mir keine Ruhe mehr ...

Der Gesang der Männer trieb mir die Tränen in die Augen. Nein, nicht Tränen der Rührung, sondern Tränen der blanken Wut. Ich saß da und heulte. Die feinen Damen um mich herum tupften sich mit manikürten Händen und spitzenumhäkelten Taschentüchern die Äuglein trocken. Ich dagegen hätte eines von Ewalds großen karierten Baumwolltaschentüchern zum Schnäuzen gebrauchen können. Da ich jedoch keines dabei hatte, musste ich meine Nase undamenhaft hochziehen. Um aber nach meinen letzten peinlichen Auftritten im Flugzeug und in England nicht schon wieder aufzufallen, wartete ich mit meinem Schnäuzeinsatz, bis der Chor fortissimo sang, damit niemand um mich herum etwas bemerkte. Die Gäste im Theater applaudierten und verlangten nach einer Zugabe.

Das Konzert entließ die Sänger erst spät in der Nacht in das bunte Treiben der Stadt. Die Müdigkeit der Männer war bei dem Gedanken an das schillernde Nachtleben am Montmartre wie weggeblasen. Sie streckten ihre Köpfe zusammen und studierten den Reiseführer. Nachdem sie ihr nächtliches Jagdrevier abgesteckt hatten, zogen sie los und suchten das Abenteuer in verruchten Cocktailbars oder verqualmten Hinterzimmern. Ewald hatte sich ihnen anschließen wollen, doch ein heftiger Rippenstoß meinerseits brachte ihn wieder zur Vernunft. Zerknirscht bot er seinen Chorkameraden an, die Notenhefte mit ins Hotel zurückzunehmen.

Ich stolzierte aufrecht in meinem roten Samtkleid über das Trottoir, gefolgt von meinem Mann, der zwei Schritte hinter mir, ein wenig nach vorne gebeugt, das Notenbündel schleppte. Ich erhaschte unser Spiegelbild in einem der Schaufenster und hätte mich an diesen Anblick gewöhnen können.

Als wir im Hotel ankamen, legte sich Ewald schlecht gelaunt ins Bett, drehte mir den Rücken zu und fiel sofort in einen tiefen Schlaf. Ich legte mich neben ihn und rollte mich auf der viel zu weichen Matratze hin und her. Morgen würden wir nach Venedig aufbrechen, der letzten Station unserer Konzertreise durch Europa und Ewald hatte bis jetzt immer noch nicht das Solo singen dürfen. Am liebsten hätte ich vor Wut in mein Kopfkissen gebissen. Ewald musste die Solostimme bekommen, koste es was es wolle.

Auf der gegenüberliegenden Straßenseite unseres Hotels blinkte über dem Eingang einer einschlägigen Bar eine rote, zu einem Schmollmund geformte Neonröhre. Das rhythmische Blinken zeichnete bizarre Schatten an die Decke unseres Zimmers. Mit jedem neuen Aufzucken reifte mein teuflischer Plan ein Stückchen weiter.

Der nächste Vormittag stand für die Sänger zur freien Verfügung. Unser Flug nach Venedig war für den Abend gebucht. Die Männer kamen nach einer durchzechten Nacht und mit dunklen Augenringen erst spät aus ihren Zimmern in den Frühstückssaal des Hotels gekrochen. Ich stürmte allerdings gleich morgens um halb sieben das Frühstücksbuffet. Ewald schimpfte über meine Gefräßigkeit. Er konnte nicht wissen, dass dies Teil meines Planes war. Seine Beleidigungen prasselten wie ein Monsunregen auf mich hernieder. Dinge wie »es sei kein Wunder, dass mein Kleid in England geplatzt sei« oder »er habe keine Lust, mich als Übergepäck nach Venedig einchecken zu müssen« waren noch die harmlosesten Ausbrüche. Er hatte doch keine Ahnung!

Gegen halb zehn betrat August den Frühstücksraum und setzte sich zu seinen Chorkameraden. Zum Glück riss Ewald im selben Moment der Geduldsfaden und er verließ über das dreistündige Frühstück und meine füllige Rubensfigur klagend den Tisch. Ich ließ August währenddessen keine Sekunde aus den Augen. Er biss in ein Croissant, schlürfte seinen Milchkaffee und stand schließlich auf. Er sagte, er wolle in die Stadt gehen. Er habe gestern Abend eine junge Französin kennengelernt und wolle sich mit ihr heute früh treffen. Perfekt!

Ich nahm die Verfolgung durch die Stadt auf. Er lief verdammt schnell. Ich fand zuerst keine Gelegenheit meinen Plan auszuführen und versuchte ihm unbemerkt zu folgen. Er stieg in die überfüllte U-Bahn ein. Ich folgte ihm und hielt mich an einer der Halteschlaufen, die von der Decke des Waggons herunterbaumelten fest. Aus den Augenwinkeln beobachtete ich ihn. Einige Stationen später sprang er unvermittelt aus der Bahn und eilte seinem Rendezvous im Laufschritt entgegen. Nur mit Mühe konnte ich ihm folgen, denn die Unmengen Tassen Kaffee begannen in mir zu rebellierten.

August lief um einige Häuserblocks herum und ich hetzte ihm hinterher. Plötzlich standen wir mitten auf einem Platz direkt vor Notre Dame. Mir stockte der Atem beim Anblick dieser wunderschönen Kathedrale und ich sah regelrecht Quasimodo den Glöckner und Esmeralda die Zigeunerin vor mir. Unzählige Touristen flanierten umher und fotografierten ihre Liebsten vor dieser wunderschönen Kirche. Wie gerne hätte ich mit Ewald zusammen diese einzigartige Stadt erobert und auch solche Erinnerungsfotos geschossen ...

August? Verdammt! Er war verschwunden. Ich raufte mir die Haare und blickte mich nach allen Seiten um. Mir wurde schwindelig. Da! Zum Glück ich hatte ihn wieder entdeckt und besser hätte es gar nicht kommen können, er stand auf dem Trottoir an einer roten Ampel und wartete. Er war umringt von einer japanischen Reisegruppe. Ich klatschte vor Freude in die Hände und drängelte mich durch die Menschenmenge hindurch. Die Leute sahen für mich alle gleich aus. Sie hatten schwarze Haare, Mandelaugen und um ihre Hälse baumelten Kameras. Ich trat ganz dicht hinter August und betete, dass er sich nicht umdrehen möge. Ich schaute nach links auf die Straße und wartete. Ein großer Doppeldeckerreisebus näherte sich dem Fußgängerüberweg. Der Reiseleiter saß vorne und sprach in sein Mikrophon. Ich sah schon von Weitem, schwarzhaarige Mandelaugen hinter ihm auftauchen. Alle betrachteten sie die Schönheit Notre Dames. Kurz bevor der Bus die Ampel erreichte, schubste ich August nach vorne. Er stolperte und fiel vor die Räder des Busses. Es war kein schöner Anblick, als sein Blut aufspritzte. Ich weiß wirklich nicht, warum die Japaner nichts anderes zu tun hatten, als den armen Mann zu knipsen, der blutüberströmt und mausetot auf dem Asphalt lag. Ich fragte mich, ob sie diese Fotos später zusammen mit den anderen Urlaubsbildern in ihre Fotoalben kleben würden?

Ringsum herrschte Aufregung. Die Frauen schrien, die Männer redeten wild durcheinander. Ich tauchte ganz unauffällig im Gewühle unter, nahm die Metro und fuhr zufrieden ins Hotel zurück.

Gegen Nachmittag brachte uns der Bus zum Flughafen. Wolfram unser Chorleiter tobte, weil August nicht aufzufinden war. Versuche ihn auf seinem Handy zu erreichen blieben unbeantwortet. Ich bibberte bei jedem dieser Anrufe, dass nicht plötzlich die Pariser Polizei oder die Notaufnahme am anderen Ende der Leitung abhob. Die Zeit drängte, wir konnten die Flüge nicht platzen lassen und reisten deshalb ohne August ab.

Dieses Mal war meine Flugangst wie weggewischt. Im Gegenteil ich konnte es kaum erwarten, endlich nach Venedig zu kommen. Das Flugzeug zog eine große Kurve über Paris und ich winkte ein letztes Mal zu August hinab.

Wir kamen erst spät am Abend in Italien an. Venedig, die Stadt der Gondeln. Mein Herz schlug schneller. Mit Motorbooten wurden wir zu unserem Hotel chauffiert. Wir fuhren unter Brücken hindurch, die sich wie Regenbögen über unsere Köpfe spannten. Die bunten Lichter der Geschäfte und Tavernen spiegelten sich auf der schwarzen Wasseroberfläche der Kanäle. Uns begegneten unzählige schwarze Gondeln mit turtelnden Liebespärchen und singenden Gondolieri. Ich konnte ein Seufzen nicht unterdrücken und schaute zu Ewald hinüber. Er drehte hastig den Kopf zur Seite und tat so, als ob er nichts bemerkt hätte, was wiederum bei seinen Chorkameraden ein höhnisches Gelächter auslöste.

Unser Hotel lag in einem kleinen Seitenkanal des Canale Grande. Die Zufahrt war so eng, dass kein zweites Boot an uns vorbei gepasst hätte. Der schmale Fußweg war mit einem schmiedeeisernen Geländer eingezäunt.

Wir wohnten in der dritten Etage des Hotels. Ich erklomm sofort die mit dunkelblauem Teppich ausgelegten Stufen und freute mich auf den nächtlichen Ausblick über die Stadt. Ewald maulte, da der Fahrstuhl defekt war und er unsere beiden Koffer Stufe um Stufe nach oben schleppen musste. Er hatte gerade die erste Etage erreicht, als ihm jemand freundschaftlich auf die Schulter klopfte. Es war Wolfram.

»Mensch Ewald, ich hoffe du machst nicht schlapp«, sagte er und lachte. »Du wirst morgen noch gebraucht.«

Ewald blieb stehen. Das Gewicht der Koffer zog ihn

nach vorne. Ich musste an Loriots Karikaturen denken, an jene Männer, die nach vorne gebeugt und mit beinahe auf dem Boden schleifenden Armen dümmlich aus dem Anzug schauen.

»August hat sich immer noch nicht aus Paris gemeldet«, schob Wolfram hinterher. »Langsam mache ich mir Sorgen um ihn. Wenn er bis morgen Nachmittag nicht nachkommt, musst du das Solo singen.«

Ich hätte vor Freude laut aufschreien mögen. Und mein Ewald glich plötzlich einer Gummipuppe, die man mit Luft aufpumpte. Sein Oberkörper richtete sich auf, seine Schultern strafften sich nach hinten. Wolfram tätschelte seinen Rücken und marschierte an ihm vorbei nach oben. Mit einem Mal huschte Ewald im Laufschritt die letzten beiden Etagen nach oben. Zuerst dachte ich seine Endorphinausschüttung habe ihn angespornt, bemerkte aber meinen Irrtum, als er in das Bad unseres Hotelzimmers rannte und die Tür hinter sich verriegelte. Ich öffnete die Balkontür und betrachtete die vielen Lichter der Stadt. Ein lauer Wind trug den modrigen Geruch des Kanals unter uns empor. Aber das kümmerte mich nicht, denn Ewald hatte endlich die Solostimme für das morgige Konzert bekommen und ich würde an seiner Seite in die Kameras strahlen.

Der nächste Tag brach mit einem wunderschönen Sonnenaufgang über den Dächern der Stadt an. Feine elfenbeinfarbige und orangeglühende Wolkenschlieren zogen sich am Horizont entlang. Aus dem Radio schmetterte Luciano Pavarotti eine Arie. Genauso würde Ewald heute Nachmittag im Ballsaal unseres Gastgebers Luigi Rovelli stehen und mit seiner begnadeten Stimme die Herzen der Zuhörer zum Schmelzen bringen. Signore Rovelli, ein betuchter venezianischer Politiker und leidenschaftlicher Chorsänger war berühmt für seine ausschweifenden Bälle und Konzertveranstaltungen in seinem Haus.

Ich trat auf den Balkon unseres Hotelzimmers, breitete die Arme aus, legte den Kopf in den Nacken und atmete tief durch. Eine kühle Brise zerrte an meinem Nachthemd. Die Erinnerungen an Justus im englischen Moor oder August auf dem Asphalt der Pariser Innenstadt verblassten im Glanz der Vorfreude auf den glorreichen Auftritt meines Ewalds.

Signore Rovelli hatte uns im Anschluss an das Konzert zu einem rauschenden Fest in seinem Palast eingeladen. Ich würde mein cremefarbenes Abendkleid anziehen. Ein Traum aus Tüll und Perlen. Ich hatte passend dazu eine Maske aus cremefarbenem Porzellan und einen Fächer gekauft. Schon bei der Vorführung meiner Garderobe samt Maske und Fächer in unserer Eichenholzeinbauküche meinte Ewald nur ich hätte einen an der Klatsche. Dieser Modebanause!

Ich verließ den Balkon und betrat unser Zimmer und sah gerade noch, wie Ewald im Pyjama mit gebeugtem Oberkörper ins Badezimmer huschte. Dann hörte ich den WC Deckel gegen die Kacheln schlagen und ein lautes Stöhnen meines Mannes. Eine böse Vorahnung beschlich mich und wurde sogleich zur Gewissheit. Ewald hatte Dünnpfiff.

An das Verlassen eines Fünfmeterradius rund um das WC war den ganzen Tag lang nicht zu denken. Ewald verkroch sich mit Zwieback und Kamillentee in seinem Bett und ich war stinksauer. Ich war so kurz vor dem Ziel meiner Träume, als Gattin eines begnadeten Solisten im Rampenlicht zu stehen, doch das konnte ich mir nun abschminken. Ewalds gesangliche Solokarriere würde sich für alle Zeiten auf unser heimatliches Badezimmer begrenzen und ich würde im Anschluss an seine Darbietung wieder auf Knien das übergeschwappte Badewasser aufwischen müssen.

Tränen schossen mir in die Augen. Vom Balkon aus schaute ich den Sängern hinterher, wie sie fein geschniegelt das Hotel verließen und sich auf den Weg zum Palast von Signore Rovelli machten. Ewalds letzte Chance, als Solist zu glänzen, verflüchtigte sich wie ein ungehörter Dreiklang im Wind.

Ewald kroch wie ein gekrümmter Wurm in kariertem Flanellpyjama in sein Bett zurück und winselte. Sein armseliger Anblick ekelte mich an. Ich schimpfte über seine Wehleidigkeit. Er verteidigte sich und stellte fest, bei uns Frauen sei das etwas ganz anderes, wir seien von Natur aus viel schmerzresistenter, weil wir schließlich fürs Kinderkriegen ausgerüstet seien. Wunderbar! Sollte ich mich nun bei Mutter Natur für die Schmerzverträglichkeit und die breiten Hüften zum besseren Transport der Getränkekisten auch noch bedanken?

Ich löste Ewald eine Tablette auf und drückte ihm das Glas in die Hand. Er trank das Gebräu und ließ sich wieder in die Kissen fallen, wo er doch stattdessen im Palast des Signore Rovelli mit seinem Solo hätte glänzen sollen. Die Farben meines Luftschlosses verblassten. Was hatte ich nicht alles auf mich genommen, damit er dieses Solo singen durfte und nun das. Ich hätte ihn schlagen können! Gereizt tigerte ich im Zimmer auf und ab, bis mir auch das zu eng wurde. Ich verließ das Hotel und ging in die Stadt. Einkaufen tröstet über so vieles hinweg.

Mit Tüten, prall gefüllt mit modischen Accessoires, kehrte ich am frühen Abend einigermaßen befriedigt wieder ins Hotel zurück. Als ich die Tür unseres Zimmers einen Spalt breit geöffnet hatte, hörte ich aus dem Radio italienische Schlager trällern. Ewald spazierte summend durch das Zimmer.

»Die Magenkrämpfe sind wie weggeflogen«, rief er und kam auf mich zu.

Mir fiel der Kiefer nach unten. Ich ließ meine Tüten links und rechts zu Boden fallen. Meine teuer erkaufte gute Laune war mit einem Schlag verschwunden. Ich ballte die Fäuste, ließ ein tiefes Knurren fahren und fiel mit Worten über meinen wundersam genesenen Mann her. Eine Darmgrippe konnte nicht binnen weniger Stunden komplett verschwunden sein. Und dann kamen wir der Wahrheit ein Stückchen näher. Kleinlaut gestand Ewald, als Wolfram ihm tatsächlich die Solostimme übertragen hatte, hatte er Lampenfieber bekommen und daraufhin die Darmgrippe nur vorgetäuscht.

Mir schnürte es die Kehle zu. Wie ein Frosch, den man mit einem Strohhalm aufgeblasen hatte und der jederzeit zu platzen drohte, stand ich vor ihm.

»Du hast was?«, fragte ich noch einmal nach.

Er sagte nichts, nickte nur und ließ den Kopf sinken. Mein Schock saß zu tief, als dass ich sofort etwas entgegnen konnte, aber schließlich entwich mit einer Tirade von Schimpfwörtern und Vorwürfen die Luft aus dem Frosch.

»Du undankbarer Wicht! Weißt du, wie lange ich mich danach verzehrt habe, neben dir im Rampenlicht zu stehen? Wie lange ich gehofft hatte, dass man Fotos von uns in internationalen Hochglanzmagazinen abdrucken würde? Ich hätte sonst etwas dafür gegeben, als Tischdame neben Lord Swiffelbottom an seiner Tafel speisen zu dürfen ...«

»Dafür, dass dein Kleid riss, konnte ich aber nichts«, warf Ewald hastig ein.

»... wir könnten jetzt im Palast von Signore Rovelli das wohl exquisiteste Buffet genießen, das wir je in unserem Leben gesehen haben. Ich hätte mit meinem neuen Kleid und der Maske in den Komplimenten der Gäste baden können.«

»Stimmt, du hättest deine Aufmerksamkeit bekommen.« Ewald huschte ein Lächeln übers Gesicht.

»Wage es nur, dich über mich lustig zu machen, du ... du Feigling.« Ich stemmte die Fäuste in die Hüften. »Was soll ich den Frauen meines Canastaclubs erzählen? Mein Mann war zu feige, das Solo zu singen? Wie stehe ich nun da? Ich werde mein Gesicht verlieren.«

Ewald grinste und sagte: »In deinem Fall ist das vielleicht besser so.«

Das reichte! Ich schnappte mir die Tageszeitung, die auf dem Tisch lag, faltete sie in der Mitte zweimal zusammen und schlug auf meinen Mann ein. Er hob seine Arme und wehrte die Schläge belustigt ab.

»Du mieser Wurm«, schrie ich. »Was habe ich alles getan, damit du dieses bescheuerte Solo singen darfst.«

»Was denn, außer maulen?«, fragte er mich.

»Ich habe Justus und August aus dem Weg geräumt, damit du deinen großen Auftritt bekommst.«

Ewald erstarrte und schaute mich an. Ich spürte die Röte in meinem Gesicht.

»Du hast was getan?«

»Na ja«, schob ich ein wenig verlegen hinterher, »ich wollte Justus nicht wirklich im Moor ertrinken lassen. Anfangs jedenfalls nicht, doch als er anfing, dich zu beleidigen, da ... na ja ... da fand ich, er hatte es verdient.«

Ewald schluckte. Seine Augen quollen hervor.

»Dann bekam August das Solo und ich ...«, meine Stimme brach.

»Was hast du mit ihm gemacht?« Ewalds Stimme erhob sich zu einem Fortissimo forte.

»Geschubst. Nur ein klein wenig. Er musste nicht leiden, der Bus rollte sofort über ihn drüber.«

Als ich dieses Geständnis aus meinem eigenen Munde hörte, befiel mich ein Hauch von Reue, aber ich hatte doch keine Wahl gehabt. Und wenn Ewald den ersten Schock erst einmal überwunden hatte, würde er sicherlich meine Bemühungen zu schätzen wissen. Zuversichtlich blickte ich ihm direkt in die Augen. Diese verengten sich zu kleinen Schlitzen, erinnerten mich an die japanischen Mandelaugen in Paris, und starrten mich mit einer Kälte an, die ich noch nie an ihm erlebt hatte.

Eine Dusche voller Vorwürfe prasselte auf mich hernieder. Ich sei eine kaltblütige Mörderin, ich sei nicht mehr bei Sinnen. Er wollte doch nie dieses Solo singen.

»Moment, das verstehe ich nicht«, hakte ich nach, »du wolltest nie Solist werden? Aber warum denn dann dein Eifer bei den Proben? Warum sonst hast du dich bei Wolfram eingeschmeichelt, wann immer du Gelegenheit dazu hattest?« Ich begriff nicht.

»Herrgott noch mal, die Chorproben sind wie grüne Oasen in meinem Leben. Hier kann ich endlich Luft holen, mit meinen Kameraden zusammen sein, statt mir dein Gekeife anhören zu müssen. Ich wollte nie dieses Solo singen. Das sagte ich nur, damit du endlich zufrieden warst. Woher hätte ich wissen sollen, dass du dann auch noch als einzige Ehefrau auf diese Konzertreise mitkommen würdest. Das ist alles so peinlich.«

Der Gedanke, dass Ewald mich auf der Reise gar nicht dabei haben wollte, stach tief.

»Du hast mich lächerlich gemacht, wann immer es ging. Deine Showeinlage im Flugzeug oder der peinliche Auftritt bei Lord Swiffelbottom. Ständig musste ich dich vor meinen Kameraden in Schutz nehmen. Hast du auch nur den Hauch einer Ahnung, was du mir damit angetan hast? Und jetzt sagst du, dass du Justus und August ermordet hast? Das waren meine Freunde!«

Ewald war außer sich, er raufte seine Haare und trat an die offene Balkontür. Er stemmte seine Hände nach vorne auf das Geländer und ließ den Kopf sinken.

Ich spürte noch immer die eiskalte Dusche seiner Worte auf meiner Haut. Ich hatte alles für ihn getan, alles, sogar gemordet, und er trat mich mit Füßen. Dieser undankbare Mistkerl. Was bildete er sich ein? Wie konnte er es wagen, so mit mir zu reden!

Ein lauer Abendwind fuhr in die weißen Gardinen der Terrassentür, verfing sich in Ewalds karierten Pyjamahosenbeinen. Er drehte mir noch immer den Rücken zu. Gut so. Ich schlich mich von hinten an ihn heran, bückte mich und packte seine Beine. Mit einer ruckartigen Bewegung hebelte ich ihn über das niedrige Balkongeländer. Ewald war auf diese Attacke nicht gefasst gewesen und segelte kopfüber aus der dritten Etage in die Tiefe hinab. Mit dem Kopf schlug er auf das schmiedeeiserne Geländer des Gehwegs und klatschte danach mit Getöse in das dreckige Wasser des Kanals.

Ich sprang einen Schritt zurück in unser Zimmer, damit mich niemand von unten sehen konnte. Dort verharrte ich eine Weile und beobachtet den weißen Vorhang, der engelsrein im Wind wehte, als sei nichts geschehen. Stille. Einen Flügelschlag lang schien die Welt stillzustehen.

Plötzlich schwollen aufgeregte Stimmen und Rufe von der Straße empor. Das war der Einsatz für mein großes Solo. Ich trat durch den Vorhang auf den Balkon hinaus, blickte mich neugierig um und entdeckte meinen verunglückten Ehemann, der von Passanten aus dem Kanal gezogen wurde. Das Wasser färbte sich blutrot. Mein verzweifelter Schrei hallte über die Dächer von Venedig und ich war stolz auf meinen gelungenen Auftritt.

Die Konzertreise liegt nun ein Jahr und drei Morde zurück. Justus wurde trotz intensiver Suche der Polizei und Lord Swiffelbottoms nie im Moor gefunden. Bei jedem Sack Torf, den ich seitdem in meinem Garten verarbeitet habe, musste ich an ihn denken. Wer weiß, vielleicht sehen wir uns eines Tages am Blumenbeet wieder?

August wurde in Paris identifiziert und seine Familie über den tragischen Unfall, dem er zum Opfer gefallen war, informiert. Ich frage mich noch immer, in wie vielen japanischen Fotoalben die Bilder seiner sterblichen Überreste heute noch kleben mochten?

Und Ewald? Für ihn kam jede Hilfe zu spät. Ich, seine trauernde Witwe machte mir Vorwürfe, dass ich einkaufen gegangen war und ihn in seinem kranken Zustand alleine gelassen hatte. Ich hätte wissen müssen, wie wackelig er auf seinen Beinen war. Meine Tränen strömten unaufhaltsam. Der Chor kümmerte sich einfach rührend um mich.

Nach Ewalds Beerdigung in Deutschland konnte ich unseren Sohn davon überzeugen, seines Vaters Platz im Chor einzunehmen. Er ist ein so braver Junge. Gut, er wehrte sich anfangs vehement gegen den Chorgesang, doch inzwischen singt er genauso göttlich, wie sein Vater es tat.

Demnächst darf er sogar die Solostimme singen. Dafür habe ich gesorgt, denn auf einen Mord mehr oder weniger kam es jetzt schließlich auch nicht mehr an.

***Ende***

Besuchen Sie mich im Internet unter
www.simonejoest.de